UN LARGO VERANO

Carlos T Gasquez

ISBN: 978-1-7337883-5-9

La portada es un detalle de la acuarela titulada "Truqueando" del artista Argentino J. Córdoba y que le fue comprada al artista cuando vivíamos en Argentina.

Fotografía por Lois Wolleman-Gasquez

Impreso en los Estados Unidos de América

Este libro está dedicado a todas las personas que compartieron sus vidas conmigo mientras crecía.

A mi esposa quién me ayudó desde el principio y durante todo el proceso.

A mis hijas, hijo, nietos y bisnietas con todo mi amor.

Contenido

Un Largo Verano 1

El Viejo 11

Un Día Normal 19

El Nido de Burriquillo 31

Gorrión 39

Un Largo Viaje 49

Juan, El Masoquista 55

La Cooperativa 71

El Forastero 79

Pedro Camaleón 85

El Primer Cigarrillo 91

Pepe, Agustín y Carmen 95

Mi Padre Conduciendo 113

UN LARGO VERANO

En los años 50's en las Provincias del interior de Argentina, el modo de vida de la gente era muy distinto a lo que es hoy en día. La Capital de la Nación era la gran ciudad muy poblada y sofisticada al igual que otras ciudades importantes como Córdoba y Rosario En las ciudades más pequeñas y pueblos del interior los calurosos días de verano pasaban lentamente y sin mayores compromisos.

A lo largo y a lo ancho del país se observan villas bordeadas de campos donde se cultivan diferentes cosechas, dependiendo de la estación del año. Frutas, verduras y cereales en los meses cálidos y alcachofas, repollos, maíz, alfalfa y otras verduras durante los meses más frescos. La gran cantidad de ganado, tanto para faenar como para la producción láctea, es criado en las grandes estancias de las provincias pampeanas.

Durante esos días de verano, mi hermano Pepe y yo pasábamos mucho tiempo jugando y haciendo travesuras. A parte de ayudar a nuestra madre en tareas de la casa–no demasiado–y en el almacén, el resto del tiempo era todo nuestro.

En la Provincia de San Juan, mi familia era propietaria de un terreno de 40 hectáreas en el que había unas 20 hectáreas plantadas con vides. En las restantes 20 hectáreas nuestro padre tenía algunas de ellas plantadas con pasturas para los animales de trabajo–no tractor en la finca–y otras hectáreas las destinaba a plantar algo de acuerdo a la temporada del año en la que estuviéramos, desde papas, maíz, melones, sandías, hasta verduras y hortalizas, para nuestro consumo y el de los obreros que trabajaban en la finca, sin olvidar a los cerdos y las gallinas.

Nuestra casa tenía 9 habitaciones en total a parte de dos galerías, una al frente y otra en la parte trasera de la casa. Tres dormitorios, cocina-comedor, living y baño. El resto de las habitaciones, eran usadas por nuestra madre para su negocio. Ella tenía un almacén de ramos generales. Frente a nuestra casa había un gran Ombú, árbol bastante popular en las Pampas Argentinas, pero no tanto donde nosotros vivíamos.
(El Ombú es él árbol nacional de Argentina). En honor al árbol, mi madre llamó al negocio: 'Almacén de Ramos Generales EL OMBÚ'.

Los obreros que trabajaban en nuestra finca y las aledañas, cobraban su salario cada 15 días. En los días en que cobraban los obreros el almacén estaba lleno de gente, ya que los hombres venían con sus mujeres para hacer el pedido de la mercadería que necesitarían para los próximos 15 días. Algunas pequeñas cosas se las llevaban consigo y el resto se los acercaba luego mi padre en una carretela tirada por un caballo. A decir verdad, el pedido de la mercadería lo hacían las mujeres. Una por una ellas se acercaban a mi madre y hacían su pedido. Los hombres por otro lado, hacían vida social bebiendo cerveza o vino o ambos, sentados a un par de mesas que había en el almacén. Todo era muy cordial hasta que el efecto del alcohol hacía su aparición y empezaba otra etapa en la reunión. A veces la cosa se iniciaba con una broma, que, según la cantidad de alcohol ingerida, era tomada de una manera u otra y no pocas veces terminaba en una alocada discusión o pelea. Las cosas no llegaban a mayores gracias a la intervención de nuestro padre que siempre estaba presente. Nuestro padre era de gran porte, 1,80 metro de estatura y pesaba 110 kilos, de manera que su figura inspiraba respeto.

Pasada la quincena, el movimiento en el almacén era muy reducido. Solo venían algunos de los clientes que habían olvidado algo cuando hicieron el pedido o a buscar algún alimento perecedero ya que ninguno de los obreros tenía una heladera en sus casas.

Además de los obreros estables de cada una de las fincas, estaban los obreros temporarios que eran contratados para las tareas que requerían gran cantidad de mano de obra en las quintas y viñedos, tales como, podar, atar y cosechar las frutas. Algunos de estos obreros venían con sus mujeres y no pocas veces con alguno de sus hijos mayores para tratar de juntar dinero para los meses venideros, en caso de que no consiguieran otros trabajos, pero había que comer. La mayoría de los trabajadores migratorios, se quedaban en casa de familiares o amigos y en muchos casos en lugares que los dueños de los viñedos les facilitaban. Ellos traían consigo algunos utensilios de cocina como ollas, sartenes, platos y cubiertos, además de algo en que dormir.

Hacia fines del invierno y ya con la poda y atada finalizadas, la actividad en la finca y el almacén se reducían en gran escala. La actividad en el almacén y la cantidad de trabajadores migratorios, se incrementaba con la llegada del verano. Sin embargo, había un período, alrededor de febrero en que había poco que hacer, los migrantes aprovechaban ese tiempo para visitar a sus familias para luego regresar para el gran evento que era la cosecha de las uvas.

En un caluroso día de verano, Pepe y yo jugábamos en la galería del frente de la casa que miraba hacia el norte, mientras nuestra madre estaba ocupada en la limpieza de la galería y en el riego de algunas de sus plantas. Cuando ella terminó con estas tareas se sentó en una de las sillas y se dedicó a su tejido.

La galería estaba separada del gran patio que había delante de la casa por una pared de unos setenta centímetros de altura. Al final del lado oeste de la galería estaba la parte delantera del almacén, que era donde se reunían los clientes y al final del lado este estaba una habitación que era usada por nuestra madre como su oficina.

Dentro del almacén había unas tres mesas que eran usadas por los clientes para beber un vaso de vino o una cerveza. Aunque el consumo de alcohol no era alentado, era sin embargo un modo de vida y una actividad social. En ese particular día, dos de los obreros temporarios que habían terminado con sus labores por la temporada, estaban sentados en una de las mesas del almacén bebiendo una botella de vino antes de partir hacia sus hogares. La conversación de los hombres nos llegaba bastante atenuada por lo que ninguno de nosotros tenía idea de lo que estaban hablando. Pasado un rato las voces aumentaron de tono drásticamente y se entabló una fuerte discusión. En un momento dado los dos hombres salieron al patio por la puerta delantera del almacén dándose trompadas mutuamente. Uno de ellos cayó al suelo y en ese momento el otro hombre sacó un cuchillo que llevaba en la cintura. Nuestra madre vio eso y salió como disparada de la silla, saltó la pared divisoria de la galería con el patio, corrió hacia donde estaban los hombres, tomó el brazo del hombre en el que tenía el cuchillo, se lo dobló hacia la espalda y se lo inmovilizó.

Pepe y yo mirábamos asombrados lo que estaba pasando, con nuestras bocas abiertas, pero sin decir una palabra. Nuestra madre había saltado la pared y había corrido con una rapidez como nunca la habíamos visto y ahora se estaba enfrentado al hombre que tenía el cuchillo. Esto no era un sueño, realmente esto estaba pasando.

"Doña María, suélteme el brazo", gritaba el hombre.

"Soltá el cuchillo", le dijo nuestra madre.

"Suélteme el brazo", gritó una vez más el hombre.

Y una vez más nuestra madre le dijo: "Soltá el cuchillo".

El hombre forcejeaba para zafar su brazo, pero ella mantenía una fuerte presión del brazo contra la espalda.

Nuestra madre medía 1,60 metros de altura y solamente pesaba 50 kilos, pero tenía una fuerza increíble y además no estaba dispuesta a ceder.

"Señora, me va a romper el brazo".

"Y sino soltás el cuchillo, eso es lo que te va pasar", le dijo nuestra madre.

Después de un cierto tiempo, que a mí me pareció una eternidad, el hombre soltó el cuchillo. Nuestra madre empujó al hombre y rápidamente recogió el cuchillo del suelo.

"¿No te da vergüenza lo que tratabas de hacer?", le dijo al hombre que había empuñado el cuchillo. "Parece mentira que dos hombres mayores se peleen como niños y seguro que por una pavada".

El hombre que estaba en el suelo trataba de levantarse a duras penas y sin lograrlo, pues estaba bastante ebrio. El otro hombre se acercó y trató de ayudarlo, pero él lo rechazó con un ademán. Después de algunos intentos logró levantarse.

"Ahora se dan la mano y se van cada uno para su casa", les dijo nuestra madre.

Los hombres se miraron, bajaron la cabeza, pero no intentaron darse la mano.

"Les he dicho que se den la mano", les volvió a repetir nuestra madre.

Nuevamente los hombres se miraron y finalmente se dieron la mano.

"Quiero que me dé mi cuchillo", le dijo el dueño del cuchillo a nuestra madre.

"Vení a buscarlo mañana cuando no estés borracho".

Mi hermano y yo mirábamos esto con bastante miedo, demasiado jóvenes y demasiado asustados como para intervenir, Pepe de cuatro años acercándose a cinco y yo siete, casi ocho.

Lentamente los hombres empezaron a caminar erráticamente en diferentes direcciones. Nuestra madre regresó a donde nosotros estábamos, nos sonrió, se sentó en su silla y continuó con su tejido, como si nada hubiera pasado.

Desde ese día nuestra madre fue nuestra heroína para siempre. Cuanto coraje para actuar de la manera en que lo hizo.

Después nos dijo que ni siquiera lo pensó.

EL VIEJO

¿Era él del País Vasco Francés o del País Vasco Español o de ninguno de los dos? Muy difícil de saber después que mi abuelo se bebiera algunas copas de vino. Lo cierto es que la historia, de acuerdo al abuelo José, siempre era la misma. "Soy de allá y no de acá", repetía el viejo una y otra vez.

Siempre sucedía lo mismo cuando yo, el nieto preferido, hijo de su hijo mayor, le preguntaba si ellos eran españoles, a lo que inmediatamente el viejo me respondía que él, en particular, no era español sino vasco, pero no Vasco Español, sino Vasco Francés. Tu abuela y tú papá si son españoles porque ellos sí nacieron en España, me decía. Yo lo miraba incrédulo y sin comprender demasiado esta aseveración ya que siempre había escuchado que los abuelos habían venido de España y no del País Vasco. Yo tenía en ese entonces nueve o diez años y quería saber la verdad sobre este asunto. Antes cuando me acercaba a mi abuelo y pensaba hacerle algunas preguntas, siempre me detenía por respeto, al abuelo José no se lo cuestionaba jamás. Hoy, sin embargo, hice lo impensado, me atreví a cuestionar al abuelo.

"Abuelo, ¿cómo es que todo el mundo nos dice españoles y usted dice que es vasco? no lo entiendo". El viejo bajó la mirada hacia mí y me dijo: "te voy a contar la verdadera historia, así no quedan más dudas, ¿qué te parece?" y agregó unas cuantas palabras en un idioma desconocido para mí y que, según él, eran vascas. ¿Las inventó?... Quién sabe y entonces empezó…

Hace ya mucho tiempo en la región vasca de Francia, había un joven que era parte de un grupo de 'separatistas' vascos, gente que quería un País Vasco independiente de la República Francesa. Así que él asistía a las reuniones y predicaba donde y cuando podía acerca del movimiento. Las autoridades de gobierno estaban al tanto del movimiento y en un principio no le dieron demasiada importancia dado que parecía algo pasajero. Con el correr de los meses el gobierno empezó a prestar más atención y también a preocuparse. Tras una reunión de los jefes de las fuerzas policiales, se decidió que era tiempo de tomar medidas para evitar que las cosas escalaran fuera de control. La primera medida que tomaron fue detener y encarcelar a los principales sospechosos, los jefes que las autoridades consideraban responsables del movimiento y peligrosos. Después fueron los segundos en comando los que fueron arrestados. Finalmente fueron penalizadas las personas que estuvieran ligadas o simplemente simpatizaran con el movimiento separatista.

Fue entonces que, en una noche lluviosa, un amigo del joven apareció en su casa y le dijo: "la policía vendrá por ti en la madrugada".

Sabiendo que la mayoría de los líderes estaban encarcelados, que el movimiento era prácticamente una causa perdida y que su detención era algo previsible, tomó las pocas ropas que tenía y sin despedirse de nadie, emprendió camino hacia los Pirineos y un futuro incierto.

Caminó varios días, casi siempre de noche y escondiéndose donde podía durante el día. Muchos de los agricultores que encontró en el camino fueron lo suficientemente caritativos para darle agua y algo de comida. A medida que ascendía la pendiente de los Pirineos, se sentía más tranquilo. Si hasta ahora no lo habían detenido, tenía la gran posibilidad de cruzar la frontera sin contratiempos y empezar o tratar de empezar una nueva vida. Sin embargo, él tenía sus dudas ya que Los Vascos del otro lado también estaban en la lucha separatista.

En ese entonces y estamos hablando de 1910, las fronteras entre los dos países eran más bien un paso con muy pocos controles. Así que cuando llegó a un control simplemente les dijo que era español de San Sebastián, que en el viaje había perdido su documento de identidad y que venía de visitar a unos parientes, de manera que pasó de un país a otro sin mayores problemas.

En el País Vasco español trabajó un tiempo en una granja a cambio de alojamiento y comida y después en un tambo donde sí tenía un sueldo.

En el lugar también conoció a jóvenes que estaban tratando de formar un grupo de lucha por la liberación. Conociendo muy bien la extensión que esto representaba, les dijo que no tenía interés en formar parte del grupo y temiendo por alguna represalia se marchó hacia Bilbao. En este lugar la situación económica no era del todo buena, pero le sirvió para conseguir documentos de identidad como residente legal de España. Desde ahí decidió seguir su derrotero y tras un cierto tiempo arribó en la región de Rioja. El lugar le encantó y encontró algo que lo llenó de nuevas esperanzas, uvas y vino.

Trabajó en un viñedo y después en una bodega, tarea que le agradó sobremanera, sin embargo y debido a su mal temperamento pronto tuvo algunos roces con otros operarios, mayormente debido a bromas acerca de su acento al hablar español. En una de esas ocasiones la cosa llegó al punto de una brutal pelea con uno de los trabajadores y en la que ambos salieron bastante maltrechos, mucho más el español que el francés. Días después el joven decidió que este lugar no era seguro y se marchó rumbo al sur de España.

En su viaje desde Rioja hasta Valencia vía Zaragoza hizo de todo un poco, cuidó ovejas y cabras, también cosechó aceitunas y naranjas. Un buen día arribó a la región de Murcia, lugar extremadamente pobre y sin muchas oportunidades de trabajo para nadie. A pesar de esto en el lugar encontró algo que creía perdido, un poco de paz. No solo encontró paz, también encontró a una linda jovencita con quién entabló una relación amorosa.

Con el pasar de las semanas y meses, el joven se dio cuenta de que las posibilidades en este lugar eran muy limitadas. En el día que no trabajaba solía ir hasta la taberna del pueblo más cercano y tomar unas copas con algunos de los lugareños. Esto, además de entretenimiento, le servía para aprender más el idioma y perder un poco su acento. Durante ese tiempo en la taberna el tema de la conversación era casi siempre el mismo: La América. Muchos de los parroquianos ya tenían parientes o amigos viviendo en casi todos los países de la América del Sur. El joven los escuchaba con mucha atención y pronto empezó a germinar en él la idea de inmigrar a esas tierras lejanas, pero primero debía hacer algo muy importante.

Una tarde soleada se presentó en casa de la joven enamorada y pidió hablar con los padres. Cuando los vio no dudó un momento y les pidió la mano de su hija Isabel en matrimonio. Por supuesto que los padres de la joven no lo dudaron ni un segundo, la situación de pobreza era bastante aguda y una boca menos para alimentar no era poca cosa, por lo que accedieron de inmediato. Algunos meses después, José e Isabel se casaron en Lorca, España un sábado de mayo de 1913.

La idea de emigrar seguía fija en su mente y de sus averiguaciones surgió que en Sur América dos países producían uva y elaboraban vino, uno

Argentina y otro Chile. Como Argentina quedaba más cerca se decidió por este país. Ahora solo necesitaba el dinero para el pasaje. Él trabajó muy duro y ahorrando cada centavo.

Nueve meses después de la ceremonia nació José II y José, esposo y padre, emprendió su viaje de inmigrante a la América soñada, dejando atrás a su mujer y a su hijo, pero con la promesa de enviar dinero pronto para que también ellos pudieran viajar y estar juntos otra vez.

En Argentina trabajó duramente todo un año, viviendo casi miserablemente, pero ahorrando cada centavo y finalmente pudo enviar el dinero necesario para que su esposa Isabel y su hijo José II pudieran venir a la tierra soñada.

Para su felicidad, su esposa Isabel y su pequeño hijo arribaron al puerto de Buenos Aires en 1915.

El viejo se sirvió un vaso de vino, elaborado por él mismo y que, según él, era mucho mejor que el que envasaban las grandes bodegas. Bebió un poco de vino y mirándome me dijo: “el joven aventurero en la historia que acabo de contarte, soy yo y eso es lo que me pasó, si crees o no, depende de ti”.

“Pero nosotros tenemos un apellido español, ¿cómo es esto posible?”, le pregunté.

“Bueno, casi español, verás, mi nombre original era Josep Gasquet así que cuando llegué a la frontera de Francia con España, simplemente le dije a las autoridades que mi nombre era José Gasquez. Solamente suprimí la letra P en mi nombre y cambié la T por la Z en el apellido, ¿me entiendes ahora?”

La historia creció conmigo—yo tenía nueve o diez años cuando él me contó su historia—y de vez en cuando, por una razón u otra, me acuerdo de su historia. Mi abuelo José y mi abuela Isabel fallecieron hace muchos años y se llevaron la verdad con ellos. Tal vez mi abuela sabía la verdad de todo, pero nunca dijo nada al respecto, tal vez para no estropear la historia del viejo. En su momento mi padre no validó ni negó la historia y como mi padre murió a la temprana edad de 52 años, otra puerta se cerró y yo no tuve oportunidad de saber si la historia era verdadera o pura fantasía. Mi madre por otro lado, me contó que la historia era solo producto de la imaginación del viejo y del vino. Mi tía Rosario, la hermana menor de mi padre, también me contó que la historia no era real, más bien solo producto del alcohol.

Ahora bien, yo me pregunto: "¿no dice la gente que los únicos que dicen la verdad son los niños y los borrachos?"

Durante años he visto programas de TV sobre viajes por diferentes partes del mundo y también leído en revistas especializadas en turismo y en muchos casos han mostrado lugares a los que mi abuelo hacía referencia en su historia. Muchos lugares concuerdan exactamente con lo que mi abuelo me contaba. Yo me pregunto: "¿Cómo sabía él de esos lugares, a menos que él los hubiera conocido?" En aquellos tiempos no había TV y radios y cámaras de fotos eran muy limitadas. ¿Tal vez alguien proveniente de esos lugares le contó a mi abuelo acerca de ellos y el viejo los guardó en su memoria y luego los adoptó como propios? o ¿Quizás fue algo que a él le hubiera gustado vivir?, tal vez por ser un romántico en el corazón.

A pesar de haber estado tentado muchas veces de explorar más a fondo la verdad de la historia, al final siempre termino preguntándome lo mismo: ¿Quiero saber la verdad absoluta o quiero que la historia siga viva tal y como mi abuelo me la contara hace ya mucho tiempo?

UN DIA NORMAL

La Argentina durante los años de la llamada 'guerra sucia'—1976/1983—estuvo gobernada por tres potencias militares llamada *Junta.* La Junta Militar llegó al poder después de que la Presidenta Isabel Martínez de Perón fuera destituida de su cargo luego de un golpe de estado orquestado por las tres fuerzas armadas en 1976. Isabel de Perón y su esposo Juan Domingo Perón hicieron campaña en el mismo partido político como candidatos a presidente y vicepresidente y ganaron las elecciones en 1973. Isabel de Perón asumió como Presidente después de la muerte de su esposo en 1974. Los tres integrantes de la Junta Militar nombraron al Jefe del ejército, Teniente General Jorge Videla, para que actuara como Presidente del País e Isabel de Perón fue detenida en algún lugar de la Patagonia.

En el transcurso de un día normal, las noticias que se daban a través de las emisoras de radios y canales de televisión, eran las que los militares de la junta y el resto de las autoridades gubernamentales, querían darles a la población del País, es decir:

TODO NORMAL. O sea, ninguna persona detenida, torturada o desaparecida, tampoco mujeres violadas o niños nacidos en los lugares oscuros de detención clandestinos, sea de mujeres detenidas ya embarazadas o de las que quedaron embarazadas producto de las repetidas—innumerables—violaciones. Uno por uno todos los niños nacidos en esos lugares, fueron dados en adopción a familias de amigos de los jerarcas. De acuerdo a las oficinas de prensa oficiales, todo lo que se comentaba al respecto en la calle, eran PURAS MENTIRAS.

Muchas de las personas detenidas jamás volvieron a ver la luz del sol. Pocos tuvieron la suerte de volver a sus casas y vivieron para contarlo. Para muchos psicólogos el trauma aún perdura—quizás para siempre—y muchas heridas todavía están abiertas.

Uno de los detenidos que tuvo la suerte de volver a casa no contó su experiencia hasta varios años más tarde, cuando los años de dolor empezaron a disminuir, dándole espacio para hablar de una noche en particular.

MENDOZA, ARGENTINA, 1981.

'Toque de queda' era una medida establecida por la junta militar que prohibía la libre circulación de las personas después de cierta hora. No más de dos personas después de las 10 de la noche. Más de dos personas juntas después de esa hora, se consideraba una reunión y estaba prohibida. Para los que desobedecieran el castigo era la cárcel. Estaba prohibido portar un arma, hasta un corta uñas podía ser fatal—para el portador por supuesto. Jamás olvidar el documento de identidad, de ser así la persona sin documento podía ser detenida, calificada como subversiva y terminar luego como desaparecida, es decir muerta.

En una confitería del centro de la ciudad se reunieron en horas de la mañana el Gerente de una bodega y el-Enólogo de otra. En propósito de la reunión era para comenzar las negociaciones por la compra-venta de 50.000 litros de vino tinto. Ellos eran buenos amigos y ya habían hecho negocios anteriormente. Café de por medio, los dos hombres comenzaron las negociaciones y pronto el precio por litro fue acordado. Esta era la parte más importante de la reunión ya que una vez acordado el precio por litro, esto abría las puertas para las próximas etapas de la negociación. Si las muestras que el Enólogo—quien era la parte vendedora—había traído consigo eran aceptadas, la operación de compra-venta se concretaría en las próximas semanas.

Las muestras del vino fueron aceptadas de conformidad por el comprador después de ser catadas. Los análisis fueron realizados por el INV y se obtuvieron los documentos de conformidad a las normas legales vigentes.

Una vez finalizados todos los trámites burocráticos, el Gerente y el Enólogo acordaron encontrase en la casa del Gerente para firmar el contrato de compra-venta y el vendedor pudiera recibir el primero de los cuatro pagos acordados. Firmados los contratos, el enólogo puso su copia y el cheque en su portafolio y aceptó tomar un trago con su amigo, tanto como para celebrar el final de la negociación comenzada semanas antes en una de las confiterías del centro. Ahora el vino podía ser trasladado de una bodega a la otra.

Un trago después de otro, más alguna anécdota del pasado de algunos de los dos y el tiempo pasó rápidamente. Cuando el Enólogo se percató de la hora, inmediatamente le dijo a su amigo que era tiempo de partir. Abrazos, saludos y adiós.

Ya fuera de la casa, él Enólogo comenzó a caminar en la vereda hacia su auto que estaba estacionado en la cuadra siguiente. No había caminado más de treinta pasos, cuando un Ford Falcon Verde que transitaba por la calle subió a la vereda y le cortó el paso. Dos de los ocupantes del vehículo se bajaron y enfrentaron al peatón.

Sin ninguna presentación de por medio le dijeron: "documento de identidad".

El Enólogo consiente de la situación y un poco temeroso también, les dijo: "mi auto es aquel Peugeot amarillo que está al comienzo de la cuadra—plenamente visible—mi documento está en la guantera y se los puedo mostrar, no lo llevo encima porque es demasiado grande y no me cabe en el bolsillo del pantalón".

Sin mediar otras palabras uno lo tomó del brazo y lo obligó a entrar en el Ford Falcon, mientras que el otro tomaba el portafolio de la mano del Enólogo.

Una vez dentro del auto le pusieron una capucha sobre la cabeza y unos de los pasajeros le dijo al chofer que arrancara. Después de varios minutos de manejar y de doblar a izquierda y derecha, el automóvil se detuvo. Ayudaron a bajar del auto al Enólogo, caminaron con él hasta la puerta de una casa común y corriente y sin llamar abrieron la puerta y entraron. Condujeron al detenido hasta una habitación, lo sentaron en una silla y le quitaron la capucha. A continuación, le pusieron una fuerte luz en la cara y lo dejaron solo por algunos minutos. Sentado en la habitación, para el detenido fueron como largas y terroríficas horas.

Después de unos minutos, un individuo en ropa de calle entró en la habitación. Este individuo no formaba parte de los hombres del auto. Tomó una silla y se sentó frente al detenido. Dos personas más—también en ropas de calle—entraron y se sentaron a una mesa cercana. Estos hombres si eran parte de los que estaban en el automóvil.

"¿Por qué no llevás el documento con vos?", le preguntó al detenido el hombre sentado frente a él.

"No me cabía en el bolsillo".

"Sos un boludo".

Silencio.

Y comenzó el interrogatorio.

"¿Cómo te llamás?"

"Fulano de tal respondió". (Se omite el nombre de la persona porque realmente existe).

"¿Dónde vivís?"

"En tal parte". (Lo mismo que en lo anterior, la dirección existe)

"¿Casado o soltero?"

"Casado"

"Nombre de tu mujer".

"Fulana de tal" (Se omite nombre, la persona existe)

"¿En qué trabajás?""

"Soy Enólogo"

"¿Dónde trabajás?"

"En tal parte" (Se omite nombre, el lugar existe)

Eso fue un comienzo suave, sin palabras duras, agravios o fuerza bruta, pero continuó por mucho tiempo y con infinidad de preguntas. Hijos, padres, hermanos y parientes de ambos lados, hasta en los más mínimos detalles, tales como edad, estatura, color de pelo y ojos, cual es su trabajo o profesión.

Finalizado el cuestionario, el interrogador fue hasta la mesa, se sirvió un vaso de agua (no le ofreció nada al detenido) y se lo bebió. Luego empezó a caminar alrededor de la habitación. Se volvió a sentar en frente al detenido y le preguntó: ¿Cómo te llamás?".

En ese momento el detenido pensó: '*esto no luce para nada bien*'.

Las preguntas y respuestas continuaron una tras otra, siempre las mismas. Finalizada la ronda el interrogador le preguntó a uno de sus colaboradores: "¿Cómo vamos, algo no concuerda?".

"Igual".

"Bueno, veamos: "¿Cómo te llamás?", le preguntó nuevamente al detenido.

El detenido le dio su nombre una vez más.

El interrogador se levantó de su silla, se acercó al detenido y le dijo: "me parece que me estás mintiendo" y dicho esto le propinó una tremenda trompada en el pómulo izquierdo. El detenido, silla incluida, fue a parar cerca de la pared. Vio estrellas de todos los colores y quedó un poco adormecido y mareado.

"Levántenlo y vuelvan a sentarlo", les gritó el interrogador a sus acompañantes.

Una vez sentado nuevamente y la luz en la cara, el interrogador volvió a la carga: "¿Vistes lo que te pasó por mentir?"

"No estoy mintiendo", atinó a decir el detenido, "muchas respuestas las puede corroborar si abre mi portafolio".

"Yo no tengo que abrir ni mierda, lo único que quiero es la verdad".

"Todo lo que le he dicho es la pura verdad".

"Ya lo vamos a ver", le dijo y le propinó otra tremenda trompada en el pómulo izquierdo. Esta vez la piel no resistió, se abrió y un hilo de sangre empezó a manar de la herida.

"Me estoy cansando de toda esta mierda," dijo el interrogador. Fue hasta la mesa y le dijo a los hombres: "pónganlo otra vez en la silla y uno de ustedes vaya a buscar al 'Gordo' y lo traen ya mismo".

Momentos más tarde el hombre que había ido en busca de él 'Gordo' regresó y detrás de él 'El Gordo'. Sobrepasaba a todos en lo alto y en lo ancho. Como 1,90mts de estatura y como 140kg de peso. De solo verlo impresionaba y mucho más cuando uno veía el pedazo de manguera de goma, de unos 60 a 70cm de largo, que tenía en la mano derecha.

"Dale unos pocos golpes al flaco a ver si deja de mentir", le dijo el interrogador al Gordo.

Y empezó la fiesta. El Gordo le pegó con la

manguera de goma por todos lados, pero más que nada en las piernas y la espalda.

“No le des en la cara ni en la cabeza a ver si se nos muere”, le dijeron a El Gordo, mientras todos reían.

Después de la sesión con la manguera, empezó una vez más el interrogatorio. Como nada cambiaba y el interrogador se sentía cada vez más frustrado, más y más golpes.

“Che 'Lungo' (persona de alta estatura) andá a buscar al jefe”. El detenido reconoce a esta persona como el conductor del Ford Falcon.

Momentos más tarde el oficial y en uniforme, hizo su entrada en la habitación. Como de unos treinta años, bien parecido, alrededor de 1,80mts. de estatura, una figura imponente. Todos le dieron lugar y fue a sentarse frente al detenido.

“¿Alguna discrepancia en las respuestas?”, preguntó sin dirigirse a nadie en particular.

“Hasta ahora nada”, le respondió uno de los hombres sentado a la mesa.

“¿Algo sospechoso?”

“No estamos seguros.”

“¿Qué vamos a hacer con vos?” le pregunto en un murmullo al detenido.

Como ya no le quedaban respuestas, el detenido guardó silencio, pero pensaba: *'de acá no salgo vivo'*.

“¿Qué necesidad tenés de que te caguen a palos?”

Silencio.

El oficial se levantó de su silla y empezó a caminar alrededor de la habitación. Finalmente se acercó al detenido y le preguntó en voz baja:

"¿Conocés a alguien con cierta influencia en el gobierno que te pueda bancar?"

"Si", le responde también en voz baja, "conozco a Sutanito, hace un tiempo él estuvo trabajando en una de nuestras embajadas", (se omite nombre de la persona y país extranjero porque existen).

"¿Realmente lo conocés?"

"Por supuesto que lo conozco".

(El señor Sutanito era un abogado muy conocido en ciertos círculos gubernamentales y sociales y amigo del detenido)

"¿Te acordás de su número telefónico?", otra vez en un susurro.

"Si, es 000......."

Una luz de esperanza se vislumbraba en el horizonte para el desdichado detenido.

'Por favor espero que estés en casa', rogaba en silencio el detenido.

"¿Cuál era el número?"

"000....."

Ahora el oficial marcaba el número de teléfono. Alguien contesta el teléfono.

"¿Puedo hablar con el señor Sutanito?, es un asunto oficial"

El oficial espera tamborileando sus dedos sobre la mesa.

"¿Señor Sutanito?, ah mucho gusto, soy el oficial (el nombre se omite, la persona existe) de la Marina y lo molesto porque tenemos acá a una persona detenida por no portar documento de identidad. Esta persona me dice que usted la conoce".

El oficial escucha.

"Muchas gracias, ¿le molestaría si le hago unas

preguntas respecto a este individuo?" El oficial le da el nombre del detenido.

"¿Usted conoce alguna persona con ese nombre?"

Pausa.

"Muchas gracias señor Sutanito: ¿más o menos qué edad aproximada tiene el sujeto?, A ha, ¿talla?, A ha ¿peso?, A ha, ¿sabe de qué trabaja?, A ha, ¿sabe dónde vive?, A ha, ¿casado o soltero?, A ha, ¿conoce usted a la mujer?, A ha, ¿cómo se llama?, A ha". Después de cada *a ha* el oficial comprueba cada respuesta con las notas de la interrogación.

"Bueno creo que eso es todo por ahora, muchas gracias señor, perdón Doctor, y perdone por llamarlo a estas horas de la madrugada".

Pausa.

"Muchas gracias. Adiós"

El oficial cuelga el teléfono y le dice al detenido: "creo que hoy estás de suerte flaco".

"Muchachos", les dice a los hombres de la habitación, "llévenlo hasta su auto y que les muestre el documento. Si todo está en orden, lo dejan ir, caso contrario lo traen de vuelta".

El detenido piensa que ha nacido de nuevo. *'Gracias Dios mío y gracias Sutanito por estar en casa'*, se dice a sí mismo.

De nuevo la capucha sobre la cabeza. El trayecto de regreso es rápido y con vueltas y más vueltas. Llegan donde está estacionado el Peugeot amarillo. Le sacan la capucha y bajan del Ford Falcon Verde.

"¿Dónde tenés el documento?", le pregunta uno de los hombres.

"Lo tengo en la guantera".

"Bueno, sacalo, pero solo con dos deditos, no seas estúpido, el Lungo tiene la 45 apuntándote a la cabeza".

Temblando un poco todavía por los efectos de la paliza y el miedo, se acerca al auto, abre la puerta, saca de la guantera el documento de identidad y se lo da a uno de los hombres. Este con la ayuda de una linterna, lo examina de arriba a abajo y se lo regresa.

"Todo bien", les dice a sus acompañantes.

Después mira al detenido y le dice: "nunca más salgas sin el documento, se es necesario metetelo en el culo, pero llevalo con vos y ahora rajá de acá, boludo".

El Ford Falcon Verde se pierde tras doblar en una esquina. El Enólogo se sienta al volante, pero no arranca el motor, todavía tiembla.

Un rato más tarde, arranca y emprende el camino a casa. Son casi las cinco de la mañana, todavía está oscuro. Maneja con mucho cuidado, no ve muy bien tiene la cara y los ojos hinchados Poco a poco las sensaciones están regresando a su cuerpo. Tiene todo el rostro y la ropa cubiertos de sangre. Empieza a darse cuenta de que le duele casi todo el cuerpo, pero no le importa. Lo que importa es llegar a casa. Suerte para él la distancia no era demasiada, ocho o nueve kilómetros.

Abre la puerta con mucho cuidado para no hacer ruido y despertar a la familia.

Se sienta en un sillón del living y llora.

Llora hasta que no le quedan más lágrimas.

EL NIDO DE BURRIQUILLO

Los inviernos en las montañas de Catskill en el estado de Nueva York son extremadamente fríos, con temperaturas de hasta 17°C bajo cero o a veces 20°C bajo cero.

Aquí en las montañas de Catskill, mi esposa y yo compramos una vieja casa a finales de los años 80 y que hace años le perteneciera a un tambero. Nosotros la hemos restaurado tratando de mantener su originalidad y de lo cual estamos muy orgullosos, luce fantástica. Ahora con el mayor trabajo terminado, podemos relajarnos y disfrutar del lugar.

Hoy es una de esas hermosas mañanas de invierno en la que todo está tranquilo. Es fin de semana, lo que significa que puedo sentarme a la mesa, beber mi café, no pensar en el resto del día y dejar que mi mente divague.

Cuando compramos la casa nosotros reemplazamos una ventana deteriorada en la cocina por una puerta doble con grandes cristales y a través de los cuales se pueden ver las montañas en la distancia. Nunca nos cansamos de esta vista, pero esta mañana el recuerdo de montañas lejanas, reemplazó a las que tenía delante. Las montañas en las que estaba pensando, eran las montañas de mi niñez, montañas majestuosas que prácticamente estaban en el patio de nuestra casa.

Mi esposa entra a la cocina, toma la cafetera, me sirve otra taza de café, a la vez que se sirve una para ella, se sienta a mí lado, me mira y me dice: "parecía que estabas muy lejos de acá, ¿en qué estabas pensando?"

Así que le cuento en qué estaba pensando…

Nosotros teníamos una finca. Cuando mi padre y mi madre compraron la finca en Argentina solo había algunas hectáreas cultivadas. Unas hectáreas estaban plantadas con vides, otras con alfalfa para alimentar a los animales y otras eran usadas por mi padre para plantar verduras u otros vegetales de acuerdo a la estación del año en la estuviéramos. En ese entonces había detrás de la casa una quinta con árboles frutales o lo que quedaba de ellos. Después de muchos años de abandono, los árboles frutales estaban deteriorados y no pocos se estaban muriendo, así que mi padre tomó la decisión de erradicar todos ellos y en su lugar plantó más vides. Este pequeño viñedo—por razones desconocidas para nosotros—fue adoptado por mi abuelo Antonio como si fuera su propio.

Mi abuelo materno no vivía con nosotros, pero parecía que siempre que el pequeño viñedo necesitaba alguna labor, mi abuelo se hacía presente a pesar de que nadie se lo pedía. De alguna manera él lo sabía. A medida que las vides maduraban, las visitas de mi abuelo se hacían más frecuentes.

Cuando el abuelo nos visitaba, él siempre se levantaba temprano, mi madre le servía su café con leche con tostadas y mermelada. Una vez terminado con su desayuno, él se servía una copa de licor de anís y después se dirigía al viñedo.

Una mañana—no muy temprano—cuando llegué a la cocina me sorprendió ver al abuelo aún sentado a la mesa. Él estaba ansioso de que yo lo acompañara hasta el viñedo. Recuerdo que le dije que iría más tarde, nunca me gustaron las mañanas de invierno, demasiado frías. Sin embargo, él insistió en que lo acompañara y dijo algo que llamó mi atención. Mientras yo ponía azúcar y revolvía mi café con leche, él me contó que había encontrado en el viñedo un nido de un pájaro que él llamó, *Burriquillo*. Yo nunca había escuchado sobre este pájaro y se lo hice saber, sin embargo él insistió en que había encontrado el nido y no solo eso, sino que también había visto al pájaro y que realmente era muy bello. Le pregunté si me podía mostrar el nido y él me dijo que si yo lo acompañaba ahora mismo, él me enseñaría el nido y tal vez hasta podría ver al pájaro. Esa mañana no esperé hasta que el día estuviera más tibio, me puse mi sweater y mi campera y los dos fuimos hasta el viñedo.

Al arribar al viñedo experimenté mi primera frustración. Cuando le pregunté al abuelo donde estaba el nido, me respondió que el nido estaba en alguna de las vides, pero que en este momento no recordaba cual. Yo primero lo miré a él y luego al viñedo y le dije: "Abuelo, pero hay miles de plantas". Una exageración de la niñez ya que solamente había 430 plantas. Mi abuelo puso una de sus grandes manos en mi cabeza y me dijo que no me preocupara porque pronto encontraríamos el nido.

"Lo que tenemos que hacer ahora", me dijo, "es podar la planta y una vez que esté limpia podremos ver si el nido está ahí". Él fue bastante cuidadoso en usar él singular *planta,* tanto como para no asustarme. Una vez que hubo terminado de podar la vid, la planta parecía más un esqueleto que una planta. Mirando a la planta experimenté otra gran frustración. Aquí tampoco estaba el nido de *burriqillo,* ni de ningún otro pájaro.

"Bueno hijo, el nido no está en esta planta, pero tal vez lo encontremos en la siguiente", me dijo.

Y así fue planta tras planta y frustración tras frustración por toda una semana y no encontramos el nido. Sin embargo, mi abuelo me hacía creer que posiblemente lo encontraríamos en la siguiente y yo seguía creyendo. Con cada planta que mi abuelo podaba él tenía algo que enseñarme. Él se paraba frente a la planta, la miraba fijamente y luego empezaba a instruirme: "Ves, hay que cortar este sarmiento, no es fructífero, es un parásito, en cambio este", me decía mientras señalaba otro, "este es el que nos dará fruta así que lo tenemos que limpiar y cuidar mucho, alimentarlo con amor porque su fruto será el pan nuestro de cada día". Luego repetía la misma operación con la siguiente y me volvía a decir lo mismo. A veces él me preguntaba cual sarmiento cortar y cual no. Al principio mis desaciertos eran más grandes que la luna, pero poco a poco empecé a cometer menos errores. Nosotros continuamos trabajando y a pesar de no encontrar el nido de *burriquillo*, yo estaba feliz.

Cuando estábamos terminando de podar el viñedo—bueno, el abuelo—yo empecé a sentir que la excitación me ganaba porque pensaba que en alguna de las pocas plantas que quedaban sin podar, debía estar el nido.

El día llegó en que el abuelo finalizó de podar todo el viñedo y no encontramos el nido. Yo estaba desolado, miré al abuelo y le pregunté: "¿Dónde está el nido y donde está el pájaro?" Mi abuelo puso una rodilla en el suelo, como para estar a mi altura y me dijo: "tal vez me equivoqué y el nido está en uno de los otros viñedos, pero mira que limpio y bien podada a quedado esta viña y nosotros lo hicimos".

Me tomó algunos años descubrir que los *burriquillos* no existen y muchos más años entender lo que el abuelo realmente quería enseñarme. Él quería ayudarme a descubrir la gran satisfacción que uno siente al terminar una tarea, la perseverancia de hacerlo hasta finalizar y por supuesto el amor por las vides. El amor por las vides me fue entregado como un regalo y siempre llevaré ese regalo dentro de mí.

Mi esposa se levanta, toma las tazas vacías de café y las pone en la pileta de lavar los platos, me mira y me dice: "realmente es una hermosa historia" y teniendo la sensación de quiero estar solo por algunos momentos, me toca con su mano el hombro y se retira de la habitación.

Me quedo sentado, pensativo y mirando las montañas que me recuerdan a otras montañas lejanas.

Me gustaría tener la finca donde pasé mi niñez, pero no es posible, la finca no nos pertenece, mi madre la vendió después de que mi padre falleciera a temprana edad y de que yo no estuviera listo para hacerme cargo.

Me alegra recordar esos días y tener esta historia para contarles a mis hijos y luego a mis nietos.

GORRION

1950

Mi madre me despertó como a las siete y media de la mañana. Era la hora habitual de todos los días, excepto por algunos domingos. En la finca muchas de las tareas no tienen horario y los animales no saben los días de la semana, así que hay que alimentarlos y cuidarlos de lunes a lunes. A la hora que mi madre me despertaba, ella ya había preparado el desayuno para mi padre y para ella, ordeñado la vaca en el corral y recolectado los huevos de las gallinas del gallinero. Después de mi café con leche y tostadas con manteca y mermelada, tenía que alimentar a los puercos—siempre tan hambrientos los brutos—las gallinas, los pollos, los patos—que no sé por qué nunca me gustaron—y además darle una mano a mi madre en las tareas del hogar.

Hoy cuando salí al patio trasero de la casa con un balde lleno de comida para los animales, me sorprendió un ruido extraño. Me detuve un momento a escuchar con mucha atención tratando de reconocer que podría ser. Realmente no era exactamente un ruido, era más bien un zumbido y venía de los grandes sauces que bordeaban el canal que corría paralelo a la calle. Dejé el balde en el suelo y me acerqué a los sauces. Mientras más me acercaba más intenso se hacía el zumbido y entonces pude observar una gran cantidad de abejas volando de flor en flor. Una gran alegría me invadió todo el cuerpo. Las abejas habían llegado y ese era un signo de que la primavera estaba con nosotros. No más noches frías, no más escarcha en las mañanas y días más cálidos a futuro. La idea de días más cálidos por delante, hizo que mis tareas de la mañana se sintieran más ligeras y alegres.

En mi escuela primaria las clases durante los meses de invierno, eran por la tarde y en los meses más cálidos durante la mañana. Esta rutina se seguía cada año porque en la escuela no había calefacción. En el hemisferio sur, el otoño empieza en el mes de marzo, el invierno en el mes de junio, la primavera en el mes de setiembre y el verano en el mes de diciembre. La escuela empezaba en marzo y terminaba a fines de noviembre, con unas vacaciones invernales en el mes de julio. Con la llegada de la primavera, la escuela cambiaba la asistencia vespertina por la matutina, es decir desde ahora y hasta el final de clases yo debía ir a la escuela en la mañana. No hoy, sino desde la semana próxima. Por un lado estaba bien, no tendría que alimentar los animales, en especial a los puercos y los patos, pero por otro lado tendría que ayudar en otras tareas en la finca. No sabía si este cambio de horario sería mejor o peor para mí.

Alrededor de las once y media era la hora de mi almuerzo—que cambiaría a partir de la siguiente semana. Mi madre era siempre muy puntual, pues no quería que yo llegara tarde a la escuela. Yo debía recorrer dos kilómetros de ida y dos kilómetros de vuelta todos los días, lo cual me tomaba como unos treinta minutos. Mi horario de clases comenzaba a las 12:30 y terminaba a las cinco y media de la tarde.

Hoy era un hermoso día, con una suave brisa que mecía la copa de los árboles, pleno sol y una temperatura muy agradable. Se podría decir que era un perfecto día de primavera. Ahora que prestaba más atención, podía observar la gran cantidad de abejas volando en los sauces y en las primeras flores silvestres. Y había golondrinas—llegadas vaya uno a saber de dónde—torcazas, benteveos, jilgueros y otra clase de pájaros, casi todos en pareja. Nada de esto era nuevo para mí, ya había experimentado esto el año anterior, pero al mismo tiempo todo era nuevo, reluciente, como recién salido de fábrica. Tan absorto estaba con todo lo que sucedía a mí alrededor, que me sobresaltó la presión de una mano en mi hombro.

"Hola flaco", me saludó mi amigo Lalo—su nombre es Eduardo, pero todo el mundo lo llama Lalo. Él es mi vecino y vive como a quinientos metros de mi casa. Somos muy buenos amigos, jugamos y tenemos juntos nuestras aventuras, realmente pasamos mucho tiempo juntos.

"Estabas como medio dormido", agregó.

"No dormido, solo abriendo un poco la boca".

"A mí me pareció cómo que estabas en otro mundo", me dijo.

"¿Te has dado cuenta de la cantidad de abejas y pajaritos que hay?", le pregunté.

"Y qué sé yo, la verdad es que no le he prestado atención, pero ahora que lo mencionas...y sí, hay muy muchos", me respondió.

"¿Te acordás del mago que vino hace unos meses a la escuela, ese que sacaba el conejo y otras cosas del sombrero?, bueno, todos estos pajaritos parece que hubieran salido del sombrero de un mago".

"Yo no sé de dónde habrán salido, pero que los hay, los hay", me dijo.

A veces comentando una cosa u otra recorríamos este camino todos los días.

"¿Cómo te fue con el problema de aritmética, lo pudiste resolver?", me preguntó, un poco como volviendo a la realidad.

"Seguro, bueno, con un poco de ayuda de la vieja".

"Cada vez son más difíciles", me dijo mientras meneaba la cabeza de un lado a otro y pateaba una piedrita de la calle.

"Si, ya me he dado cuenta, cada vez me cuestan más".

"Carlos, vos sabés que la Yolanda, la chica de la otra calle, la que tiene el pelo largo y a veces lleva trenzas, la que está en quinto grado, bueno, ella me dijo que los problemas de cuarto no son nada, que ya vamos a saber lo que son problemas en serio cuando lleguemos a quinto", me dijo mientras pateaba la piedrita otra vez.

"Mi vieja dice lo mismo", le dije.

"¿Tanta diferencia puede haber entre los que tenemos ahora en cuarto con los de quinto?".

"Tal vez la Yolanda te quiere asustar".

"Tal vez, pero hay ciertas cosas que yo no sé para qué cornos nos las enseñan".

"Hay veces que yo me pregunto lo mismo, pero mi viejo dice que yo no puedo saber más que nuestra maestra, ¿Y tú viejo que dice?"

"Y, no dice nada, vos sabés que él nunca fue a la escuela, además dice que los niños y la escuela, son cosas de la madre", me dijo.

Caminamos unos momentos en silencio hasta que le dije: "sabés una cosa, me gustaría ser grande ahora mismo para salir de acá y vivir en otro lugar"

"¿Y qué vas hacer en otro lugar?"

"Y no sé todavía, pero no quiero ser como la mayoría de los otros chicos que, apenas terminan la escuela ya están trabajando en las fincas. Yo no quiero hacer eso, yo quiero ir más lejos, ¿y vos que pensás hacer cuando seas grande?"

"No sé, a mi me gusta acá, es muy lindo y tranquilo, pero sabés una cosa, me gustaría ser aviador".

"¡Aviador!.¿Estás seguro?"

"Bueno, lo que se dice seguro, seguro, no, pero…".

"Debés tener alma de gorrión".

"No sé si tengo alma de gorrión, pero me gustaría volar y algo me dice que voy a volar".

"Ya que te gustaría volar, ¿qué te parece si este fin de semana hacemos un barrilete?"

"Seguro, lo podemos hacer el sábado, pero, ¿de dónde vamos a sacar el papel?"

"Yo creo que lo podemos hacer con el papel de envolver que usa mi vieja en el almacén".

"Bueno, yo llevo las cañas. Cerca de casa hay muchas, pero creo que con una será suficiente"

Los dos nos entusiasmamos mucho con la idea y estábamos ansiosos de que llegara el sábado para empezar con la construcción del barrilete y verlo volar. Lalo era muy habilidoso con sus manos, de manera que yo estaba confiado de que el barrilete sería muy lindo y además de que volaría.

Lalo llegó el sábado como a las diez de la mañana con un par de cañas. Como yo ya había terminado de alimentar a los animales nos pusimos a construir el barrilete. Primero cortamos una caña en el medio a lo largo y después cada mitad otra vez en el medio. Mientras Lalo terminaba con ese trabajo yo fui a buscar el papel y preparé engrudo con harina y agua para usarlo como pegamento. Mi madre me dio un rollo de piolín de los que vendía en el almacén y también algunos trapos para hacer la cola del barrilete.

"No lo hagan muy grande porque con ese papel va a estar muy pesado y va ser difícil que levante vuelo", nos dijo.

Lalo ya estaba terminando con el marco del barrilete. Le entregué el papel, lo cortó y lo pegó encima de las cañas. En los lugares donde era necesario pegar el papel a las cañas, Lalo pegaba refuerzos para fortalecer el papel. Aquí era en donde haría unos agujeros para atar el piolín a las cañas. Cuando terminó me dijo que había que esperar un buen rato hasta que el engrudo se secara. Ahora solo necesitábamos una buena brisa.

Mi madre, como muchas veces antes, invitó a Lalo a almorzar y una vez que terminamos nos levantamos de la mesa y corrimos a buscar el barrilete. En el patio de casa Lalo sostenía el barrilete y yo el ovillo de piolín. Lalo me dijo que empezáramos a correr y en un momento soltó el barrilete y este empezó a ascender.

"Dale piolín", me gritó.

Y el barrilete subía y subía. Yo sentía la presión del piolín en mi mano, pero lo tenía agarrado con fuerza, no quería que se me escapara.

"Dejame un ratito a mí", me dijo.

Le pasé el ovillo a Lalo y él poco a poco le fue dando más piolín al barrilete y subía y subía, cada vez estaba más alto. Se veía realmente hermoso contra el cielo por encima de los animales y el viñedo. Nosotros estábamos orgullosos de nuestro logro. Saltábamos de alegría, nos abrazábamos y reíamos como locos.

"Yo quiero volar como ese barrilete", me dijo

1982

La ciudad de Nueva York, donde vivo, luce magnífica a fines del mes de mayo y mucho más magnífico el Central Park. Con todas las flores por doquier, los chicos jugando en los espacios verdes, adultos con sus perros y otros adultos solamente caminando, por el solo hecho de gozar de la tarde.

He comprado el diario latino tanto como informarme de que es lo que está pasando en las Islas

Malvinas. Uno de los artículos llama de inmediato mi atención y dice:

UP—*Ayer, en horas de la mañana un avión de la Fuerza Aérea Argentina fue abatido por las fuerzas británicas. Según las fuentes informáticas, el avión fue alcanzado de lleno por un misil británico.*

En las últimas horas del día de ayer, la prensa de la Fuerza Aérea Argentina dio un parte informativo en el que expresa el profundo dolor por la muerte del piloto del avión, ocurrido en las primeras horas de la mañana. Según se dio a conocer, el nombre del piloto era Tte. Eduardo "Lalo" Almada, de 40 años de edad casado y padre de dos hijos, Eduardo de 14 años y Carlos de 12. Así mismo la Fuerza Aérea Argentina hace extensiva su condolencia a la señora esposa del Tte. Almada, Doña Tereza Gonzalez.

No lo puedo creer, no lo quiero cree, miro y miro la noticia y sigo sin poder creer que esto haya pasado. Mi querido amigo de la niñez no está más entre nosotros.

Después de finalizada nuestra etapa en la escuela primaria, mi camino y el de Lalo tomaron diferentes rumbos. Nos vimos en varias oportunidades—no con mucha frecuencia—y después de que, por mi profesión, me fuera a vivir a otra provincia y luego a Estados Unidos, no nos volvimos a ver. Sabía, sin embargo, que había hecho el servicio militar en la fuerza aérea y que tenía intenciones de continuar en la academia, lo que nunca supe fue si se graduó o no. Ahora ya lo sabía.

Al fin volaste, querido gorrión.

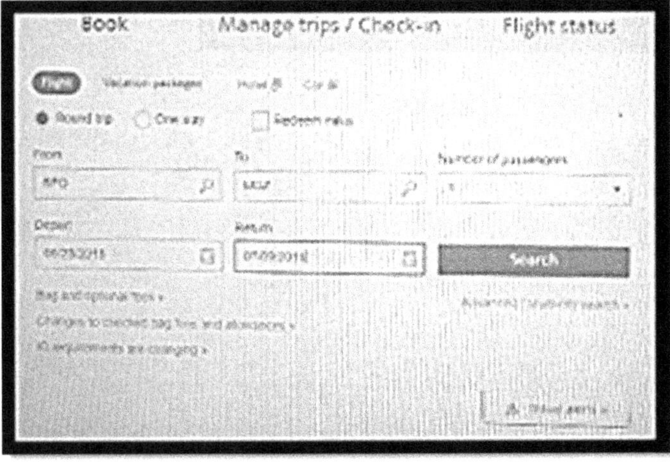
Book
Manage trips / Check-in
Flight status
Search

UN LARGO VIAJE

Querida Katy,

Creo que todo empezó en el momento cuando buscábamos un lugar para vivir cerca de nuestros hijos. Después de ciertas investigaciones, llegamos a la conclusión de que California—donde vivimos—es extremadamente cara, así que empezamos a buscar otro lugar más acorde a nuestras finanzas. Al principio los chicos estuvieron de acuerdo en mudarse con nosotros. Pensamos que ellos nos necesitan, pero la verdad es que nosotros los necesitamos a ellos.

¿Recuerdas cuando visitamos San Agustín en la Florida? Eso fue hace varios años y el lugar nos gustó mucho.

Así que decidimos visitar el lugar otra vez y ver qué es lo que estaba pasando allí. Y aquí estábamos otra vez al pie de una nueva aventura. Contactamos a una inmobiliaria en el área a través de internet y le hicimos saber nuestros requerimientos. Descubrimos que el área era accesible, al menos en los papeles, así que viajamos a San Agustín para ver exactamente que disponibilidad había en la zona y ver algunas de las propiedades, de las cuales teníamos fotos que la inmobiliaria nos había enviado. Recibimos una gran desilusión ya que las fotos no eran un fiel reflejo de la realidad. Sin embargo, un condominio nos llamó la atención, lo vimos, nos gustó e hicimos una oferta y la misma fue aceptada. Entonces me preguntaste como íbamos hacer para conseguir el dinero para completar la entrega inicial y ese fue el punto inicial de mi largo viaje.

Nosotros teníamos cierta cantidad de dinero en otro país producto de la venta de nuestra casa allí y sacar el dinero de ese país era una pesadilla. No era una gran cantidad de dinero, menos de diez mil dólares, pero necesitábamos ese dinero para finiquitar la operación del condominio.

Compré un pasaje aéreo ida y vuelta y tú me llevaste hasta el aeropuerto para tomar un avión hasta el fin del mundo. Tenía un poco de miedo porque como bien sabes no me gusta volar, de hecho, odio volar, me siento incómodo, pero no tenía otra opción.

Así que aquí estaba yo en el avión volando al sur hacia un verano en febrero (acá era invierno), sentado en una fila de tres asientos, por suerte el del medio estaba vacío. El asiento restante estaba ocupado por un hombre que creía que era el señor Casanova y desde un principio empezó a coquetear con las azafatas. Lo único que logró fue fastidiarlas y a mí también.

Déjame decirte que una hora o un poco más, me pasó la cosa más extraña que te puedas imaginar. Primero sentí un poco de frío, luego calor y finalmente empecé a transpirar y a sentirme un poco mareado. '¿qué me está pasando?' me pregunté. Entonces apareció una de las azafatas, Tania, quien vino al rescate.

Rápidamente ella me trajo un vaso con whisky y vos sabés mi amor que a mí no me gusta esa bebida, la odio, así que le dije: "gracias, pero no bebo eso", pero ella insistió: "por favor bébalo, aunque no le guste". En ese momento el señor Casanova le dijo a la azafata: "si él no lo quiere, démelo a mí". Así que me dije: 'que se vaya a la mierda este tipo, yo me quiero sentir bien', así que me bebí el whisky. Luego Tania me trajo una toallita mojada y me la puso en la frente. Al cabo de algunos minutos me empecé a sentir mucho mejor y Tania me dijo: "bienvenido" y me dio otro vaso de whisky. Fue entonces que me di cuenta que esta bebida no era realmente tal como la recordaba desde mi juventud, cuando la encontraba horrible y dije que jamás me bebería un vaso de whisky en mi vida.

La cena fue servida y luego de cenar y beber un vaso de vino, me sentí normal otra vez, creo que hasta dormí un par de horas.

Luego fue tiempo de la dulce Francesca. Me preguntó cómo me sentía, le dije que me sentía mucho mejor, gracias y le pregunté cómo ella se sentía y me dijo que se sentía bastante nerviosa porque este era su primer vuelo internacional. Un poco como para retribuir su gentileza, le dije que no se preocupara, que con unos vuelos más ella estaría bien. Me dio las gracias y me preguntó si deseaba beber algo. ¿Me puedes traer un brandy? Amablemente me dijo que el brandy estaba reservado para los pasajeros de primera clase solamente, pero de alguna manera se las arregló para traerme un vaso con brandy. ¡Excelente!

Aterrizamos en mi país, hice migraciones, retiré mi equipaje y salí fuera de la terminal a esperar a uno de mis sobrinos que vendría a buscarme. Después de una hora esperando fuera de la terminal, me di cuenta de que por una razón u otra mi sobrino no vendría, así que me dije: *'al diablo con esto'* y tomé un taxi hasta la terminal de buses y compré un pasaje hasta la ciudad donde vive nuestra hija, un viaje de unas dos horas y placentero. Nosotros hicimos ese viaje en más de una ocasión ¿recuerdas?

Pasé cuatro días con nuestra María Eugenia y su familia, todo muy lindo y acogedor. Hablé mucho con ella—ya sabes que tiene algunos problemas de matrimonio—y me acordé de todas las cosas que me dijiste al respecto, así que se las pasé a ella, espero que le sirvan. Jugué con nuestro nieto menor, es divertido y muy inteligente, la pasamos bárbaro.

Fui a visitar a mi hermana—en realidad es mi prima ya sabes, pero como crecimos juntos y ella no tiene hermanos y yo no tengo hermana, yo soy el hermano que ella no tiene y ella es la hermana que no tengo. Ella está pasando por momentos muy difíciles por un cáncer que padece y está en tratamiento de quimioterapia, pero con gran sentido del humor. Me dijo que no ve la hora de terminar con el maldito tratamiento para poder tomarse unas buenas cervezas.

Pasé un tiempo con mis hermanos, comimos algunos asados, nos reímos mucho y nos tomamos unos buenos tintos. En el banco hice los trámites necesarios, conseguí efectivo y fue tiempo de emprender el regreso a casa. Mis hermanos me acercaron hasta el aeropuerto, nos abrazamos y nos dijimos adiós.

El viaje de regreso fue placentero, aunque no estuvieron ni Tania ni Francesca, por suerte tampoco estuvo el señor Casanova.

Arribamos en tiempo, me recogiste en el aeropuerto y cuando te vi sentí un cosquilleo en el estómago. Te di un fuerte abrazo y un beso y en ese momento quería darte muchos más. Estaba muy cansado pero feliz, feliz de estar en casa, pero más feliz por estar contigo.

Sacando cuentas yo creo que desde nuestra casa hasta allá y regreso, yo viajé como 56 horas y casi 32.000 kilómetros. Si esto no es un largo viaje, entonces ¿qué es un largo viaje?

Pensándolo bien, creo que voy a comprar una botella de whisky, uno nunca sabe cuándo lo puede necesitar. Ja

Te amo querida esposa.

Carlos.

JUAN, EL MASOQUISTA

1951

Probablemente había como veinte viñedos en un amplio círculo alrededor del viñedo de mis padres y para la mayoría de ellos la cosecha estaba terminada. Para muchos de los chicos que habían ayudado a sus padres en la cosecha, su año escolar recién empezaba, pero estarían como dos semanas por detrás de nosotros.

Con la llegada del otoño, las mañanas son bastantes más frescas, espero que pronto en la escuela anuncien que las clases serán en la tarde y no en las mañanas. Algo que hacían todos los años porque la escuela no tenía calefacción para calentar las aulas en invierno. De todas maneras, todavía no estaba tan frío.

Camino tranquilo rumbo a la escuela, Lalo, mi amigo, vive más cerca de la escuela que yo, así que me espera en la calle frente a su casa.

"Hola, ¿cómo estás?"

"Bien Lalo, ¿y vos?"

"Bien. Está fresca la mañana, espero que pronto nos cambien el turno para la tarde", me dice.

"¿Vos te acordás cuando nos cambiaron a la tarde el año pasado?"

"Creo que no pasó mucho tiempo después de terminada la cosecha".

"Aja".

"Ayer fue el primer día de clases para algunos de los chicos que estuvieron trabajando en la cosecha, entre ellos el Juan Cuello y ya te peleaste con él".

"El Juan es un pelotudo y un matón, no sé qué le pasa conmigo, pero cada vez que me ve me dice gringo. A mí no me molesta que me digan gringo, pero me molesta de la manera que él me dice *gringo*, es como si se estuviera burlando de mí".

"Tal vez te parece".

"No, ¿no viste la cara que pone cuando me dice gringo?"

"La verdad es que no me he dado cuenta".

"Bueno, si hoy lo hace otra vez, fijate y ya vas a ver".

"¿Y si lo hace, que…?"

"Bueno, ayer se la dejé pasar, pero si hoy lo hace de nuevo, cobra".

Yo era uno de los muy pocos chicos que asistía a la escuela y era hijo directo de inmigrantes europeos. La casi totalidad de los otros chicos era una mezcla de razas de hijos de inmigrantes europeos con nativos y criollos. Su piel un poco más oscura que la mía, no demasiado, ya que yo pasaba mucho tiempo al aire libre. Quizás porque yo era un poquito más blanco, algunos me decían gringo. Mi mamá me dice gringo de vez en cuando, pero ella lo hace con una sonrisa y con cariño.

Hoy había en la escuela una energía diferente a la de los días anteriores, quizás debido a la llegada de más chicos una vez terminada la vendimia. Juan incluido.

Nuestra maestra era la señorita Muñoz. Todos llamábamos a nuestras maestras señoritas y no señoras, incluso aunque ellas estuvieran casadas. La señorita Muñoz nos daba todas las clases del día. Era muy hermosa, todos la adorábamos. Yo estaba enamorado de ella hasta los ojos.

Todos los días teníamos un total de cuatro clases: una de aritmética, una de lengua, una de lectura y escritura y una de historia los lunes miércoles y viernes y una de geografía los martes y jueves.

Yolanda, la vecina de Lalo, la del pelo largo y las trenzas, tenía razón cuando nos decía que los problemas de aritmética de quinto grado iban a ser más difíciles que los de cuarto. Por suerte yo tenía a mi vieja para que me ayudara con los problemas de aritmética. El que la pasaba mal era Lalo, su padre era analfabeto y su madre creo que no había terminado la escuela primaria. Algunas veces Lalo venía a casa y mi vieja le daba una mano con los problemas de aritmética y otras materias de la escuela.

Después de la tercera hora de clase salimos al último recreo, que era el más largo de todos—como quince minutos. En el patio las niñas pequeñas jugaban a sus rondas otras al *pasará-pasará* y las más grandes se juntaban a charlar de vaya uno a saber qué cosas, pero al parecer divertidas porque se reían bastante. Los varones más pequeños en lo suyo, es decir correr y correr, otros jugando con una pelota o a las bolitas y otros simplemente caminando. Yo estaba en este grupo charlando con Lalo y otros chicos. Un poco más alejado estaba Juan, también con otros chicos y quizás porque se sentía protegido por los demás chicos, no tuvo mejor idea que llamarme *gringo* en esa forma burlesca con la que él lo hacía y que me irritaba al extremo. Sin pensarlo dos veces fui hasta donde él estaba y sin decirle nada, le di una fuerte cachetada en la mejilla. Me miró muy sorprendido e inició una reacción y en ese momento le di otra cachetada. Lalo y otros chicos intervinieron y ahí se terminó todo. Yo esperaba que esto fuera el final de esta situación, pero no, al día siguiente y también en el tercer recreo ocurrió lo mismo. Juan me llamó gringo. Fui hasta donde él estaba, pero esta vez en lugar de una cachetada le di una trompada. El trastabilló, pero no cayó al piso.

"Si no parás de decirme gringo te voy a romper la jeta", le dije.

Y sin embargo al día siguiente fue lo mismo y al siguiente y al siguiente. No todo era a mi favor, de vez en cuando también yo recibía algún golpe y cada vez que esto sucedía, más bronca me daba así que trataba de darle más golpes. La rabia que me daba, no era porque recibía algún golpe o porque terminaba con un ojo negro y los otros chicos hacían bromas acerca de ello, sino porque cuando llegaba a casa mi vieja me reprendía y no pocas veces recibía algún golpe en el trasero.

En los siguientes meses nada cambió. Juan me llamaba gringo y yo trataba de pegarle lo más duro que podía. Yo no podía entender porque lo hacía. ¿A quién le gusta que lo golpeen? Sin embargo y a pesar de todo, ahí estaba Juan con su eterno *gringo*. Una tarde le pregunté a mi papá porque había gente a la que le gustaba que los golpearan y me dijo que esas personas no eran normales y que se los llamaba masoquistas.

En esta parte del año nosotros asistíamos a clases en horario vespertino.

Durante el último recreo de hoy yo iba camino al baño cuando Juan me gritó: *gringo*. No solo me dijo gringo, sino que también agrego: *maricón, hijo de puta*. Esto fue lo peor que pudo hacer. Corrí hasta donde él estaba y sin mediar una sola palabra le di una trompada con todas mis fuerzas en la nariz. El trastabilló un poco y yo aproveché para darle otra trompada. El cayó al piso y yo salté encima de él. Yo estaba furioso y no paraba de darle golpes. Los chicos y chicas empezaron a gritar y como era de esperar apareció una de las maestras. No sé en qué momento se terminó la pelea, lo que sí sé es que la maestra me llevaba de un brazo y terminé en la sala de la dirección. Esto no solo significaba una mala nota en conducta, sino otras cosas peores. Para empezar, hoy saldría más tarde que los demás chicos, en los días subsiguientes no tendría recreos, es decir estaría parado frente a una de las columnas de la galería y lo que más me temía: una nota en el cuaderno solicitando a uno de los padres su presencia en la escuela.

Siempre que el maestro o el director solicitaban la presencia de un padre en la escuela, les notificaban con una nota escrita en la parte posterior del cuaderno de tareas (Mi madre era lo primero que miraba).

Bueno, lo primero fue lo primero, salimos como una hora y media más tarde—Juan unos diez minutos antes—y por supuesto yo llevaba la nota para mis padres en el cuaderno.

Mientras caminaba solo a casa, note algo diferente en el aspecto de las cosas. Al principio no sabía que era, pero después de caminar un rato me di cuenta que era la luz del día. Nunca antes había salido de la escuela tan tarde y la luz era muy diferente. Caminando a casa sin la compañía de Lalo el camino me parecía más largo, sin embargo, pensando en la nota en el cuaderno parecía más corto.

Mi mamá en esto de la escuela era peor que un sargento, además ella no entendería lo que uno siente cuando le insultan la madre. Por otro lado, no todo era tan malo, después de todo podría llevarme de paso la vaca desde el potrero hasta el corral. LA VACA, la famosa vaca, todos los vecinos la conocían, era realmente mansita pero mañosa como ella sola y no pocas veces se escapaba de nuestra finca y terminaba en la de algún vecino. Hoy esperaba que estuviera en el potrero, en el nuestro por supuesto y no en el de algún vecino. Cuando crucé el alambrado y los álamos del límite de nuestra propiedad la vi, por el momento estaba de suerte, aunque como siempre sucedía, estaba en la esquina más alejada del potrero y parece que lo hacía a propósito. Por suerte nunca me dio problema para llevarla al corral, eso sí tenía de bueno, caminaba derechito hasta el lugar que le correspondía. Esta vez no fue diferente, cerré la puerta del corral y me dirigí a casa.

Nuestra casa era de estilo colonial español, vieja y si se quiere en no perfectas condiciones, pero eso sí, bien limpia y llena de plantas que eran el orgullo de mi mamá.

Cuando entré en la casa mi mamá estaba terminando de doblar algunas ropas que había estado planchando. No bien me vio me preguntó: "¿Estas son horas de llegar?"

"Hoy salí un poco más tarde de la escuela".

"Cuántas, pero cuántas veces te he repetido que no te quedes jugando después de la escuela, yo necesito que me des una mano, no puedo hacer todo sola y mirate la ropa, no se sabe de qué color es", todo esto lo decía sin parar un segundo.

"¿Cuál es el problema?" preguntó mi papá que en ese momento salía del baño.

Mi mamá me miró y le dijo: "y cuál va a ser el problema, tu hijo, todos los días le encargo lo mismo, pórtate bien, estudiá, no te ensucies y regresá a casa rápido y él parece que goza haciendo todo lo contrario, ya no sé qué voy hacer con él".

Yo no prestaba mucha atención a todo esto, después de todo era casi siempre lo mismo todos los días, solo pensaba en la nota que tenía en el cuaderno, así que por ahora lo mejor sería no decir nada.

Mi mamá me miró perpleja y moviendo la cabeza de un lado a otro me ordenó: "No te quedés ahí parado como una marmota, quitate el guardapolvo y lavate las manos así te podés tomar la leche y hacer los deberes".

Tomar la leche significaba, café con leche y pan con manteca y mermelada, casera por supuesto, nadie en el mundo hace las mermeladas como mi mamá.

Hoy me tomé más tiempo del habitual con mi café con leche, era un poco como ese par de minutos en la mañana poco antes de levantarse, uno sabe que lo tiene que hacer, no hay alternativa, pero uno lo demora lo más que puede. Después estuve dando vueltas y más vueltas para no empezar con la tarea, por supuesto mi mamá ya sabía que algo estaba fuera de lo normal.

"¿Algo nuevo en la escuela hoy?"

"No, nada". Creo que la respuesta me salió demasiado rápida y para no ser tan cortante agregué: "lo de siempre, una hora de lectura, otra de historia, aritmética y lenguaje, no necesariamente en ese orden.

"¿Pasaste al frente?"

"No, hoy no pasé al frente".

Pasar al frente significaba pararse frente a la clase y leer en un libro o resolver un problema en el pizarrón, lo que la maestra quisiera.

"Pero me mandaron a la dirección por pelear con un chico". Y bueno, ya se lo había dicho, de todas maneras se iba a enterar.

"¿Y se puede saber por qué peleaste con ese chico?"

Su pregunta me resultó un poco extraña si se quiere, no había enojo en el tono de voz. Yo la miré y me pareció que estaba tranquila y pensé: 'después de todo esto puede resultar mejor de lo que parece'.

"En la escuela hay un chico", empecé a explicar, "se llama Juan Cuello, su papá creo que trabaja en la finca de Don Arévalo, tal vez usted lo conozca".

"No sé, los Cuello son varios hermanos".

"Bueno, este chico es uno morocho de pelo negro y lacio y no sé por qué la tiene conmigo, siempre que me ve me dice gringo en una forma burlesca. Hoy además de gringo me dijo maricón y me insultó la madre, así qué le di unas trompadas y la señorita nos mandó a la dirección y acá en el cuaderno está la nota y la señorita quiere que usted vaya a la escuela mañana".

Ella tomó el cuaderno le echó una mirada como al descuido, me lo devolvió y me dijo: "Prepará todos tus deberes hoy porque en la mañana hay mucho que hacer".

Después de más o menos dos horas de trabajo con mi tarea, le dije:

"Mamá ya terminé, por qué no se fija si todo está bien".

Tomó el cuaderno y el lápiz y empezó a revisar mi tarea. Mientras lo hacía hizo un par de marcas y me regresó el cuaderno.

"Te has equivocado en un par de cuentas, corregilas, mirá bien lo que estás haciendo y dejá de pensar en pajaritos".

Me tomó otro rato finalizar la tarea y cuando mi mamá terminó de revisarla y de dar su aprobación, me dijo: "Ahora te cepillás bien los dientes y a la cama".

Esto lo sabía de antemano, a la cama y sin cena, como también sabía que una paliza llegaría, mañana después de la escuela con seguridad, bueno, mañana sería otro día.

Mi mamá me despertó bien temprano al día siguiente y después del desayuno ayudé con los animales domésticos, esto incluía darle de comer a los pollos, gallinas, patos y cerdos y luego ayudé en las tareas de la casa. Mi almuerzo estaba listo a las 11:30. Cuando terminé mi mamá me ayudó a ponerme el guardapolvo y peinarme—ella dice que yo no lo hago muy bien—luego me preguntó: "¿Tenés todo en la maleta?".

"Sí mamá, tengo todo".

"¿Estás seguro que no se te olvida el lápiz y la goma de borrar?".

"No se me olvida nada, tengo todo guardado".

"Y no borres con el dedo, sino después el cuaderno parece una chanchería, andá rápido y decile a la señorita que yo voy a ir más tarde".

Como siempre me despidió con un beso.

Ese día el camino a la escuela parecía diferente, era como si en el ambiente hubiera algo pesado, algo tenso. Por supuesto que no había nada extraño, todo estaba dentro de mí cabeza, es qué en mi pequeña mente de nueve años, algo pequeño puede resultar un mundo. Ni siquiera la llegada de mi amigo Lalo me hizo sentir mejor.

"¿Qué te pasa hoy?" me preguntó.

"Y que querés que me pase, hoy mi vieja va a la escuela por la pelea de ayer".

"¿Tu vieja te dio una paliza ayer?", me preguntó.

"No, no me hizo nada, pero esta tarde cuando regresemos no sé la que me espera".

“No te hagás problemas, sino te pegó ayer tampoco lo va hacer hoy, eso lo sé por experiencia”, me dijo.

Pero ese día, nada ni nadie podía hacerme sentir mejor. En la escuela cuando escuchaba que alguien caminaba por la galería yo pensaba que podría ser mi mamá. Pasaron las dos primeras horas de clase y mi mamá no aparecía por la escuela, ‘tal vez tuvo algún problema con el caballo del sulky o alguien vino a último momento’ pensaba yo ¿y si se hubiera olvidado?, eso sería grandioso, más que grandioso, eso sería imposible, mi mamá no olvidaría una cosa tan importante, quizás ya estaba en la escuela y hablando con la directora. De solo pensarlo algo frío me corrió por la espalda. No estaba en clase, no sé de qué hablaba la maestra, por suerte para mí, la señorita hoy no me tenía en cuenta.

El instinto, quizás, me hizo mirar hacia la puerta y ahí exactamente en medio del umbral, estaba mi mamá. La maestra también la vio y le preguntó: “¿en qué puedo ayudarla señora?”

“Buenas tardes, soy la mamá de Carlos y he venido a pedido de la directora”.

“Por supuesto, pase señora”

Mi mamá entro al aula y le dio la mano a la maestra.

“Yo ya he tenido una larga conversación con la directora, de manera que estoy al tanto de lo que ha pasado”, le dijo mi madre.

“Alumnos”, dijo la maestra, “por favor silencio y presten mucha atención porque hoy tenemos aquí a la mamá de un alumno, no por ser sobresaliente, sino por un hecho muy desagradable”.

En ese momento yo no sabía dónde meterme, creo que mi cara debe haber estado más colorada que un tomate.

"Señora yo quiero que usted sepa que ni mis superiores ni mis compañeros, ni siquiera yo misma queremos que este hecho vuelva a repetirse, por favor Carlos, póngase de pié".

Yo sentí que sus palabras sonaban como una orden y yo que estaba enamorado de ella hasta los ojos, en ese momento la odié por hacerme sentir avergonzado frente a mi mamá y mis compañeros. Lentamente me puse de pié e incliné la cabeza hacia abajo, no podía mirar a mi mamá, ni a la maestra ni a mis compañeros.

"Carlos", continuó la maestra—ahora era maestra y no mi querida señorita—"en el día de ayer golpeaste duramente al chico Cuello, su madre vino hoy a decirnos que su hijo no vendría a la escuela porque tiene la cara hinchada, los ojos morados, además la nariz y la boca rotas".

Algunos de los chicos y chicas rieron por lo bajo, por lo que de inmediato la maestra les dijo en voz alta: "Siiileeencio".

Cuando se apagaron las risas, la maestra me miró y me preguntó: "¿Por qué lo hiciste?"

"Señorita, el chico Cuello me dijo varias cosas feas".

"Por eso no se golpea a un compañero".

"También agrego otro comentario que no se puede decir".

"Esa tampoco es razón para golpear a nadie, así que creo que tu acción fue bastante mala, algo que no podemos tolerar y menos en chicos de tu edad".

Esto era lo mismo que la sentencia de muerte. En ese momento miré a mi mamá y creo que entendí por un momento que ella se sentía peor que yo. Miré a la maestra y le dije: "él chico Cuello también me insultó la madre y eso no se lo permito a nadie, se llame como se llame y esté donde esté". Creo que me salió de lo más profundo del corazón.

La maestra me miró por unos instantes y luego a mi mamá. Había un gran silencio en el aula. Mi mamá estaba bien erguida, creo que sentía un poco de orgullo tal vez.

"Carlos yo entiendo que la madre es lo más importante que los hijos tienen, que debemos amarla y defenderla en todo momento, pero sí lo que ocurrió con el chico Cuello ocurre en otra oportunidad, lo aconsejable es dirigirse a una de las maestras o a la dirección y reportarlo".

"Si uno hace eso los demás lo llaman a uno alcahuete", le dije.

La maestra me miró seriamente, pero no dijo nada.

"Señora", le dijo a mi mamá, "lamento haberla hecho venir por una circunstancia de este tipo, pero al mismo tiempo, quiero felicitarla por el hijo que tiene, por todo lo bueno que ha sabido inculcarle y por el amor que este niño siente por usted".

La maestra extendió la mano hacia mi mamá y ella la estrechó con firmeza.

"Niños", nos dijo la maestra, "esta ha sido una lección para todos nosotros, espero que hayan aprendido dos cosas, la primera, no tomar la justicia en nuestras manos y la segunda que debemos amar a nuestra madre muchísimo".

Mi maestra me miró seriamente, luego se dibujó en su cara la más hermosa sonrisa y me dijo: "Carlos, puedes retirarte con tu mamá".

"Gracias señorita". (Ahora nuevamente era mi querida señorita).

En el regreso a casa mi mamá conducía el sulky callada, bien erguida en el asiento, la mirada fija al frente, tratando de guiar al animal por el lugar correcto y evitar algunos pozos en la calle. Yo seguía un poco asustado, no tanto como en la escuela, tal vez por eso recuerdo esta parte de mi niñez con tanta nitidez. Ahora pensaba en la llegada a casa, mi mamá tenía su temperamento.

El caballo trotaba a buen ritmo por lo que no nos llevó mucho tiempo en arribar a casa. Mi mamá paró el sulky en medio del patio y le pidió a uno de los empleados de mi papá que se encargara del sulky y el caballo. Luego se quitó el sombrero—uno grande que usaba para ciertas ocasiones—y se dirigió hacia la casa. Yo la seguía de cerca—no tan cerca—y ya en la galería que estaba al frente de la casa, se sentó en uno de los sillones de madera con cojines que ella misma había tejido y me indicó que me sentara.

Me miró a lo más profundo de mis ojos y me dijo: "hijo, esta fue la primera y la última vez que tu madre va a la escuela por un motivo como el de hoy, puedo ir para algún festival o reunión de padres, pero no por algo como esto, ¿está claro?".

"Si mamá".

"Piensa que muchas veces se dicen cosas, más por hábito que por el deseo de ofender a la gente. Sé que no está bien y que deberían tener más cuidado con sus palabras, pero sucede. No sería inteligente que reaccionaras como lo hiciste, cada vez que eso pase. Quiero que recuerdes eso. Ahora cámbiese de ropa, lávese las manos y nos vamos a tomar una rica taza de café con leche, pero antes venga y deme un abrazo y un beso enorme".

La abracé y besé por largo rato, como nunca creo haberlo hecho antes y lloré también porque mi mamá era maravillosa y además porque me sentía aliviado.

Juan Cuello jamás regresó a la escuela. Luego supimos que la familia Cuello se mudó a otro lugar.

LA COOPERATIVA

1951

Hay personas que piensan que mi padre es indiferente, algunos piensan que quizás sea tímido y otros que él tiene un temperamento débil. Bueno, déjenme decirles que, si alguien piensa de esa manera, no puede estar más equivocado.

Mi papá habla y actúa cuando es necesario, rara vez se lo ve ofuscado o de mal humor, pero cuando algo le molesta te lo hace saber de inmediato, a quien esté con él y donde quiera que él esté.

Esta tarde a mí regreso de la escuela encontré a mi papá hablando con mi mamá. Mi papá estaba muy enojado por algo que había pasado más temprano cuando él había ido a visitar unos amigos.

"No los puedo entender", mi papá le estaba diciendo a mi mamá.

"¿Qué es lo que no entiendes?".

"Todos los años tenemos el mismo problema con los bodegueros que nos compran las uvas, nos pagan lo que quieren y como ellos quieren".

"¿Les hablaste de tu idea?", le preguntó mi mamá, mientras me preparaba mi café con leche y pan con mermelada.

"Por supuesto, pero a estos pelotudos no les entra en la cabeza que lo que les propongo puede ser la respuesta a nuestro problema".

"¿Ninguno de ellos mostró interés?"

"Si, Juan Gómez, su hermano Andres y también Miguel Guardiola, pero el resto piensa que el asunto es muy complicado".

"No te des por vencido todavía, dales un poco más de tiempo para que la idea madure en sus cabezas".

"No sé, tengo mis dudas, parece que tienen la cabeza vacía".

Mi mamá le puso una mano en el hombro y le dijo: "dales tiempo".

Yo no tenía ni la más mínima idea de lo que mis padres estaban hablando, además yo estaba sorprendido de ver a mi papá tan enojado.

Después de mi merienda era tiempo de hacer mi tarea escolar. Mi mamá siempre estaba cerca para supervisar mi tarea y ayudarme cuando me quedaba estancado con algún problema de aritmética. En un momento y durante mi tarea, dejé el lápiz sobre la mesa y le pregunté: "Mamá, ¿qué le pasaba al papá que estaba tan enojado?"

"Nada, tu padre tiene una idea sobre un negocio y quiere convencer a sus amigos de que esto puede redundar en beneficio de todos, pero al parecer hay unos cuantos a los que no les seduce la idea".

"¿Qué clase de negocio?"

"Bueno, tu padre quiere convencer a sus amigos de formar una cooperativa".

"¿Qué es una cooperativa?"

"Cooperativa viene de cooperar, para que me entiendas, yo te ayudo y vos me ayudas".

"O sea que el papá los quiere ayudar y ellos no lo quieren ayudar a él".

"Más o menos eso".

"Bueno".

Por varios días mi papá siguió de mal humor. Mi mamá trataba de hablar durante la cena, pero mi papá parecía que estaba en otro lugar, a veces ni siquiera le contestaba y yo y mi hermano era como si no existiéramos. Al terminar la cena él se levantaba de la mesa y se iba a caminar en el viñedo, no todas las noches, pero bastante seguido.

"¿Qué le pasa al papá?", le pregunté a mi mamá.

"Está muy desilusionado con sus amigos por la cuestión de la cooperativa".

"¿Y no hay otros que lo puedan ayudar?"

"No es nada fácil encontrar gente que piense igual que uno y además con las que tengas la suficiente confianza como para hacer algo".

Eso fue todo lo que ella dijo y yo asentía con mi cabeza como si entendiera, pero no entendía absolutamente nada.

Juan Gómez, su hermano Andrés y sus esposas vinieron a cenar a casa el sábado de la semana siguiente. Los dos hermanos tenían sus viñedos cerca del nuestro. Juan Gómez y su esposa trajeron con ellos a su hija Aída y a su hijo Marcos. Mi hermano y Marcos eran más o menos de la misma edad, lo mismo que Aída y yo. Los cuatro formábamos dos parejas. No me gustaba mucho Aída, siempre criticando y dando órdenes, 'no hagás eso', 'sentate acá', 'no esto', 'no aquello', etc. etc., parecía un sargento dando tantas órdenes, realmente me hacía sentir muy incómodo.

Mi papá no hablaba mucho, pero cuando se tomaba unos vasos de vino y tenía algo que decir, hablaba hasta por los codos. Esa noche él tuvo mucho para decir, así que tuve que aguantar a Aída por largo tiempo.

Toda la charla debió ser buena para mí papá porque al día siguiente estaba de mejor humor y cuando le pregunté a mi mamá que había sucedido, me contó que un par de amigos de mi papá se habían unido a la idea de formar la cooperativa.

"Así que van a tener el negocio", le dije.

"No todavía, este es solo el comienzo".

"¿Y qué falta?"

"No sé si me vas a entender, pero para formar una cooperativa el gobierno exige un mínimo de trece miembros, es decir que tiene que haber un mínimo de trece socios".

"¿Cuántos hay hasta ahora?"

"Solo siete".

"Que lo parió".

"Eso no se dice", me reprendió mi mamá.

"Perdón".

Durante las siguientes semanas cuando llegaba a casa después de la escuela, me encontraba con que había varios hombres hablando con mi papá y cada vez me parecían más. Una tarde, cuando le pregunté a mi mamá que pasaba, me dijo que con el correr de los días se habían agregado más personas a la idea de mi papá y que la cantidad de miembros necesarios para formar la cooperativa estaba cada vez más cerca.

Los días fueron pasando y llegó el día en que fueron trece y hubo una gran celebración en nuestra casa.

Todos abrazaban a mi papá y le daban palmadas en la espalda. En un momento cuando mi papá pasó cerca de mí, me levantó en el aire, me apretó fuerte y me dio un beso. Me sorprendió, mi papá no era muy dado a esto de los afectos personales, así que me dio una gran alegría.

"¿Y ahora que ya son trece los socios que quería el papá, cuando abren el negocio?", le pregunté a mi mamá el lunes siguiente mientras hacía mi tarea escolar.

"Este negocio requiere de tiempo, verás, lo que tu padre y los demás quieren es, primero formar la cooperativa y después conseguir un préstamo bancario para hacer una bodega, verás, construir una bodega es el negocio".

"¿Y para que quiere el papá una bodega si ahora él lleva la uva a la bodega **El Sol del Este**?"

"Es verdad que tu padre le vende las uvas a esa bodega, pero le pagan lo que ellos quieren y cuando quieren".

"¿Y por qué el papá no les pide que le paguen un poco más?"

Pude ver por la expresión de su rostro que ella estaba pensando en una manera de explicarme todo esto, así que me dijo: "Hijo, la cosa no es así de simple. A ver si me puedes entender, nosotros tenemos el almacén y yo le vendo mercadería a la gente a un precio que creo es justo y si la gente me quiere pagar menos no les vendo, pero puede suceder que otro almacén venda más barato que yo, entonces, ¿qué hace la gente? va al otro almacén y compra ahí, pero con las bodegas la cosa es diferente ya que todas pagan lo mismo, es como si mi almacén y todos los otros almacenes vendieran las mercaderías al mismo precio, entonces ¿qué pasa con los clientes?, pues tienen que pagar lo que los almaceneros les cobran".

Lo de vender y comprar más barato o más caro lo tenía más o menos claro, lo que no entendía es que tenía que ver el almacén con la cooperativa y la bodega.

"El papá puede ir a otra bodega donde le paguen más que en esta", le dije.

"Cada año las bodegas fijan un precio para la uva y da lo mismo una bodega que otra, el precio es el mismo, algo así como ya te dije antes, de que si todos los almacenes vendieran la mercadería al mismo precio. Ahora bien, lo que tu padre quiere hacer junto a los otros socios de la cooperativa, es elaborar, quiero decir, hacer el vino y venderlo a las bodegas que lo envasan y venden al público, cuando lo crean necesario y por supuesto a mejor precio, verás, el vino se puede guardar, pero las uvas no".

Mientras más hablaba mi mamá, menos entendía yo de este negocio. Mi mamá debe haber visto mi cara porque me dijo: "a medida que pase el tiempo y crezcas vas a ir entendiendo como es esto de la cooperativa".

Cuando mi papá llegaba a casa y mi hermano y yo estábamos cerca, él nos levantaba en el aire y nos despeinaba con sus grandes manos, era hermoso ver a mi papá contento. Ahora mis padres hablaban después de la cena, mientras mi hermano y yo jugábamos con nuestros juguetes y a veces se reían y mi papá hablaba y hablaba, parecía que le habían dado cuerda como a un reloj.

Han pasado casi setenta años desde que mi padre y los otros productores fundaran la cooperativa. Los originales fundadores han fallecido, pero sus descendientes o nuevos miembros los han reemplazado y la cooperativa sigue operando.

EL FORASTERO

Mis padres tenían un almacén de ramos generales, pero nosotros siempre decíamos que era el almacén de mi mamá, primero porque ella le puso el nombre: **"El Ombú"**, por el árbol que había en el patio delante del almacén y segundo porque era ella la que estaba a cargo de todo, desde encargar la mercadería, pagar las facturas, hasta la relación con los clientes. Mi mamá siempre estaba ocupada con el almacén y la casa. Por lo general había alguna mujer que ayudaba en las cosas de la casa, especialmente cuando había poco trabajo en las fincas.

El almacén estaba siempre muy concurrido durante los días de pago de las quincenas—a principios y mediados de cada mes. Familias venían, después de terminado el día de trabajo, a comprar la mercadería que necesitarían en los próximos quince días. Hoy el almacén estaba más concurrido de lo habitual ya que era viernes y porque además algunos de los trabajadores no trabajaban los sábados.

El lugar donde funcionaba el almacén era amplio, medía como nueve metros de largo por seis metros de ancho y tenía dos puertas, una daba a la galería del frente de la casa y esta era la que nosotros usábamos.

La otra estaba al frente del cuarto y era la que normalmente usaban los clientes. Opuesto a la puerta de entrada estaba el mostrador donde la mayoría de las mujeres hacían el pedido de la mercadería. La puerta del frente del negocio no tenía cerradura y cuando la cerraban la sujetaban con un madero. Este madero (nosotros simplemente le decíamos *el palo*) siempre estaba al lado de la puerta que nosotros usábamos. En ese lugar precisamente, mi papá se sentaba durante los días de pago, en caso de que mi mamá necesitara algo de la casa. Mi papá no ayudaba a mi mamá con los clientes, él simplemente le traía lo que mi mamá necesitaba del depósito de las mercaderías.

A mí me gustaba mucho escuchar lo que la gente hablaba con mi papá y de paso escuchar algún chiste, pero siempre me mantenía cerca de mi papá ya que no pocas veces había alguna discusión. Nunca pasaba nada serio por la presencia de mi papá. El medía un metro con ochenta centímetros y pesaba ciento diez kilos, yo lo veía como un gigante.

En el cuarto del almacén había unas tres mesas y unas sillas que eran usadas por los primeros clientes que llegaban, el resto se mantenía de pie o caminando o afuera del almacén. Hoy un hombre con un gran sombrero estaba sentado a una de esas mesas. No recordaba haberlo visto antes, pero a los otros tres hombres que estaban con él sí los conocía, ya que eran trabajadores de la zona y venían regularmente todas las quincenas. En un momento el hombre del gran sombrero se levantó y vino hasta el mostrador y le dijo algo a mi mamá que yo no escuché.

"En un momento lo atiendo", le dijo mi mamá.

El hombre insistió y mi mamá le dijo que por favor tuviera un poco de paciencia.

Sin embargo, el hombre empujó un poco a una mujer, se acercó aún más al mostrador y no de muy buena manera le pidió a mi mamá otra botella de vino.

Mi mamá un poco molesta le dijo: "ya le he dicho que lo voy atender en un minuto".

El hombre retrocedió unos pasos y dijo en voz baja: "gringa hija de puta".

Yo lo escuché y mi papá también porque él agarró el palo (el de sujetar la puerta), caminó unos pasos y sin decir una sola palabra le pegó con el palo al hombre del gran sombrero en el estómago. Mi papá parecía un bateador de béisbol. El hombre salió disparado por la puerta del almacén y aterrizó en el patio. Los hombres que estaban sentados a la mesa con él forastero, salieron a ayudarlo a levantarse y uno de ellos recogió el gran sombrero que el hombre había perdido en su camino hacia el patio. Hubo un gran silencio en el almacén, todos miraban a mi papá, pero él se sentó en su silla, cruzó los brazos, me miró y me guiñó un ojo. Poco a poco las conversaciones se fueron reanudando como si no hubiera pasado nada. Los hombres que habían salido a ayudar al forastero empezaron a regresar dentro del almacén y uno de ellos se acercó a mi papá y le preguntó: ¿Qué pasó Don Pepe, porqué hizo eso?"

"Andá y preguntale al vago ese, él sabe perfectamente bien porque le pegué, vos sabés muy bien que yo no hago una cosa así porque sí nomás".

El hombre tal vez tenía sus dudas porque salió nuevamente y cuando regresó le dijo a padre: "Mi amigo dice que él no hizo nada malo".

Mi papá agarró *el palo*, salió al patio y yo detrás de él. El hombre del gran sombrero—que no lo tenía puesto—ahora lo usaba en una mano para limpiarse la tierra de la ropa, mientras que con la otra se sobaba la panza.

"¿Así qué no hiciste nada malo?" le preguntó mi papá.

"¿Y qué hice?"

"Insultaste a mi mujer pedazo de pelotudo o ¿creíste que no te escuché cuando dijiste gringa hija de puta? Rajá de acá antes de que dé otra vez con el palo pedazo de infeliz".

Murmurando por lo bajo y encorvado se fue de nuestra propiedad.

Y adiós forastero.

PEDRO CAMALEON

Mi madre era grandiosa contando cuentos, no sé cómo se le ocurrían tantos, pero todas las noches y después de arroparme en la cama y antes de dormirme me contaba una historia. Algunas de las historias ya las conocía por haberlas leído en algún libro, pero en la voz de mi mamá sonaban más hermosas. Otras historias las inventaba. A veces el cuento me hacía reír otras veces me hacía soñar y no pocas veces me hacía llorar. No recuerdo muchos de ellos, solo unos pocos y uno en particular quedó grabado para siempre en mi memoria. Fue en una noche cuando a mi madre se le empezaron a terminar las hadas y los duendes y empezó con los animales. ¿Cómo se le ocurrió esto? No tengo la más mínima idea, pero así ella empezó su relato…

"Valeria era una hormiga roja", mi madre comenzó, "que vivía en los linderos del bosque en una pequeña y coqueta casita y le encantaba cocinar, en especial bizcochos. Ella tenía varios amigos que vivían en el bosque y a los cuales invitaba con frecuencia. Sus amigos, Pedro Camaleón, Juan Sapo, José Grillo y Francisco Caterpillar, estaban encantados de visitarla y de saborear sus deliciosos bizcochos.

En una hermosa tarde de primavera Valeria Hormiga invitó a sus amigos a tomar el té. Todos vinieron. A Valeria le encantaba tener reuniones con sus amigos y como siempre sus bizcochos eran aceptados con total entusiasmo.

Fue en esta particular tarde que Valeria le hizo a Pedro Camaleón una pregunta en la que ella había estado pensando por algún tiempo, 'Pedro, ¿cómo es posible que puedas cambiar los colores de tu piel?'

'A mí también me gustaría saber eso', dijo José Grillo.

'Bueno, me gustaría contarles una historia, pero les advierto que es bastante larga'.

Sin embargo, todos estuvieron de acuerdo en escuchar su historia y los bizcochos fueron pasados para que todos pudieran saborearlos.

Hace ya muchos años en un pequeño bosque vivían muchos animales. Casi todos eran grandes y fuertes. También vivía en el bosque un pequeño camaleón. Su nombre era Peter. No solo su tamaño lo hacía diferente de los otros animales, también su color. El color de su piel era de un rojo brillante. Esto lo hacía muy visible y era el blanco de las bromas de los otros animales. Donde quiera que fuera él escuchaba las bromas y risas. Esto lo ponía muy triste.

Una mañana después que todos los animales pasaron hacia la laguna para beber agua, Peter los escuchó una vez más hacer bromas y reír. Peter pensó en voz alta, oh como me gustaría cambiar el color de mi piel. Y tú puedes hacerlo, dijo una voz cercana a Peter. ¿Quién está ahí? Preguntó Peter. Estoy aquí y soy una abeja ángel, dijo la voz. Peter pudo ver a una abeja sentada en una flor. Yo te voy ayudar, dijo la abeja ángel. No sé cómo puedes ayudarme eres tan pequeña y te ves tan frágil, dijo Peter. Soy pequeña, pero tengo mucho poder. Peter miró a la abeja y le dijo, si tienes tanto poder por favor cambia el color de mi piel. Puedo ayudarte con eso, pero el resto dependerá de ti. No entiendo, dijo Peter. Puedo usar mis poderes de ángel, pero tú debes desearlo con todo tu corazón, ¿qué es lo que más deseas? le preguntó la abeja ángel. Y Peter le respondió: quiero ser verde. Bueno, cierra los ojos y deséalo con todo tu corazón, le dijo la abeja ángel. Cuando Peter abrió sus ojos y miró su piel, no lo podía creer, era verde. Verde como las hojas de los árboles del bosque. Oh muchas gracias, le dijo Peter. Realmente estaba feliz. De nada, le dijo la abeja ángel bastante complacida consigo misma. Si alguna vez me necesitas nuevamente, puedes llamarme y ella voló hacia otra flor.

Esa tarde cuando los animales regresaron de la laguna, no vieron a Peter. Qué extraño, Peter no está aquí, observó uno de los animales. Tal vez se mudó a otro lugar, dijo otro. Pero Peter estaba ahí y muy cerca, pero lo confundieron con el verde de las hojas del bosque. Desde esa tarde y hasta el verano, todo fue maravilloso para Peter. Nadie podía verlo de manera que nadie lo molestaba. Pero cuando llegó el otoño todo empezó a cambiar en el bosque. Poco a poco las hojas de los árboles empezaron a cambiar de color. Ahora, unas eran amarillas, otras rojizas y otras naranjas, pero Peter seguía de color verde. Una mañana cuando los animales pasaban hacia la laguna, uno de los animales vio a Peter y exclamó: Peter está allí y es todo verde, ja ja. Una vez más los animales se divertían con sus bromas sobre Peter siendo diferente.

Cuando todos los animales se fueron, Peter se quedó solo y mirando a su alrededor vio los hermosos colores que ahora había en el bosque. Oh cómo me gustaría ser amarillo, suspiró Peter. ¿Y por qué no?, dijo una voz muy familiar. Oh eres tú, dijo Peter, que bueno verte de nuevo. Veo que sigues con el mismo problema, le dijo la abeja. Si y ahora que el bosque está cambiando de color, todos pueden verme y siguen con sus bromas. ¿Recuerdas lo que hablamos la última vez? Si deseas algo con todo tu corazón lo puedes lograr. Por supuesto que lo recuerdo y Peter cerrando los ojos dijo: ahora quiero ser amarillo y cuando abrió sus ojos vio que su piel era amarilla y luego deseó ser naranja y fue naranja y azul y también violeta. Ves Peter, cuando deseas algo con todo tu corazón, tú lo puedes lograr. Pero nada hubiera sido posible sin tú ayuda, muchas gracias por haberme hecho entender eso.

Peter no recordaba haber sido tan feliz en su vida. Espero que desde ahora en adelante vivas feliz en el bosque, le dijo la abeja ángel. Ahora me tengo que ir, adiós Peter. Esa tarde cuando los animales regresaron desde la laguna, no vieron a Peter, pero él estaba allí y tan cerca que lo podrían haber tocado.

Cuando las sombras de la noche cayeron sobre el bosque, Peter se recostó en su frondoso lecho y se durmió sonriendo.

'Qué hermosa historia', dijo Valeria, 'pero, ¿es verdad?'

'Oh, no lo sé, pero es la historia que me contó mi padre y la misma que le conto a él su padre'.

'Valeria, ¿te gustaría cambiar tu color', preguntó Joe Cricket.

'Me gusta mi color, además con amigos como ustedes, quien necesita andar cambiando de color a cada rato'.

Y todos rieron felices".

Mi madre tenía ese don que pocos tienen. Ella me hizo reír, me hizo llorar y me hizo soñar.

MI PRIMER CIGARRILLO

El señor Montaña era un hombre de unos sesenta años que venía a segar la alfalfa cuando era necesario. En la finca de mis padres había plantadas tres o cuatro hectáreas de alfalfa, que era segada y enfardada cuando llegaba a cierta madurez. Mi padre era propietario de una segadora y una enfardadora, pero el odiaba manipularlas, de manera que le encargaba a Don Montaña que segara la alfalfa y también que se ocupara de enfardar la misma. Luego los fardos de alfalfa eran guardados en un galpón y usados para alimentar a los caballos y a la vaca. La segadora de alfalfa era una máquina muy simple de operar y para que pudiera operar era tirada por una yunta de caballos. Cuando la máquina avanzaba las ruedas movían un mecanismo que a su vez hacía funcionar unas cuchillas serradas que eran las que segaban la alfalfa.

A mí me encantaba el olor a la alfalfa recién segada y ver la enorme cantidad de mariposas blancas y amarillas volando sobre la pastura cuando empezaba a florecer, así que cuando era tiempo de siega yo le pedía a Don Montaña que me llevara con él en la máquina. Mis padres estaban al tanto de esto de manera que no había problema de que yo fuera con Don Montaña. Él me sentaba sobre la pequeña caja de herramientas y allá íbamos con la máquina de una punta del potrero a la otra y regreso.

Don Montaña era un experto en armar cigarrillos, incluso lo hacía mientras la máquina iba andando. Él se colocaba las riendas en la nuca, sacaba del bolsillo de su camisa papel y tabaco y armaba un cigarrillo. Una vez armado el cigarrillo se lo ponía en la boca, guardaba el tabaco y el papel en el bolsillo de su camisa y luego lo encendía con un fósforo de una caja marca Ranchera. Hacía esto muy seguido ya que él fumaba bastante. En una de las veces que él estaba armando uno, le pedí que armara uno para mí. El me miró, meneó un poco su cabeza y para mi sorpresa me armó uno, quizás lo hizo porque yo era el hijo del dueño de la finca o simplemente por curiosidad para ver qué pasaba.

"Es solo para pitar, no te lo eches a pecho", me dijo mientras prendía un fósforo.

Yo estaba en la gloria, esto era lo mejor que me había pasado en la vida, fumando, al aire libre sobre la segadora, las mariposas volando sobre mí cabeza y el perfume a la alfalfa recién cegada, grandioso.

"¿Y qué tal el pucho?" me preguntó Don Montaña.

"Un poco picante, me hace arder un poco la lengua", le respondí.

"Con el tiempo eso va a pasar", me dijo.

Esta rutina se repetía cada vez que Don Montaña venía a segar la alfalfa y vino por varios años. Sin embargo en los últimos años yo ya no lo acompañaba, había crecido, y el lugar sobre la caja de las herramientas, era demasiado pequeño para acomodar mi cuerpo ahora.

Hasta el día de hoy recuerdo el perfume de la alfalfa recién segada y yo sentado sobre la caja de las herramientas sintiéndome invencible.

PEPE, AGUSTIN Y CARMEN

Carmen

Nuestra prima Carmen pasaba sus vacaciones en casa, una porque le gustaba nuestra compañía—ella es hija única—y otra porque le gustaba ayudar a mi mamá en el almacén. Carmen es la hija de la hermana melliza de mi mamá. Ella es como nuestra hermana mayor y así la llamamos nosotros, *hermana*. Ella es casi dos años mayor que yo, una persona muy dulce y nosotros la adoramos, pero hubo un tiempo en el que estuve muy enojado con ella.

El señor Montaña venía cuatro veces al año a segar la alfalfa. Entre una vez y otra pasaban como tres meses y como ya me había habituado a sus cigarrillos armados, comencé a extrañarlos. Por esta razón no tuve mejor idea que hurtar del almacén de mi madre un paquete de cigarrillos y una caja de fósforos.

Durante mis caminatas había visto en el tronco de un eucalipto un hueco y pensé que ese sería el sitio perfecto para esconder los cigarrillos.

Todos los días a la hora de la siesta me escapaba de casa e iba hasta el eucalipto, sacaba los cigarrillos del hueco y encendía uno. Una vez que terminaba de fumar, cortaba una hoja tierna del eucalipto y la masticaba por unos segundos para sacarme el olor al cigarrillo, práctica que me había enseñado Don Montaña. Sin embargo, esta práctica no funcionó como yo creía.

Una siesta cuando regresé después de fumar mi cigarrillo, mi prima me dijo: "has estado fumando".

"¿Y cómo te diste cuenta?"

"Te sentí el olor".

"Que lo parió, yo pensaba que con el olor a eucalipto no se notaría".

"No seas tonto, tarde o temprano tus viejos se van a dar cuenta, ya que ellos no fuman".

"Ni se te ocurra decirles nada", le dije.

"¿Dónde los tenés escondidos?"

"En un hueco en el tronco del eucalipto grande que está después de los corrales".

"Quedate tranquilo, esto es entre vos y yo".

"Bueno, eso espero".

Sin embargo, a la tarde siguiente mi madre y mi prima salieron de casa rumbo a los corrales. A mí me pareció raro porque a esta hora no había nada que hacer en los corrales. ¿Qué podrían hacer ellas en los corrales a estas horas? Por curiosidad yo fui detrás de ellas—pero a cierta distancia—y pude ver que pasaron los corrales sin detenerse. En ese momento me entró el pánico porque sabía perfectamente donde iban. Mi prima me había traicionado.

Corrí y me escondí detrás de uno de los bebederos de los animales y desde allí pude ver como mi prima daba vueltas alrededor del tronco del eucalipto. En un momento se detuvo y le señaló a mi madre el hueco en el tronco. Mi madre metió la mano en el hueco, sacó el paquete de cigarrillos y los fósforos y se los guardó en el bolsillo de su delantal.

Yo estaba furioso, muy enojado con mi prima. Si en esos momentos la hubiera tenido frente a mí, no sé lo que hubiera hecho. Como no sabía realmente que hacer—aparte de no querer regresar a casa en ese momento—fui a caminar en el viñedo. No bien entré a casa mi madre me llamó y me indicó que me sentara frente a ella. Mi madre me dio un sermón de aquellos, no se guardó nada. Me hizo prometer que no lo haría nunca más (fumar) y que a cambio no le diría nada a mi padre.

Durante varios días yo no le hablé a mi prima y si ella me dirigía la palabra, no le contestaba, trataba de ignorarla completamente. Estaba realmente enojado y dolido. En lugar de jugar con mi prima y me hermano, me iba a caminar por la calle o al viñedo a conversar con los peones.

Una de las cosas que más le gustaba a mi prima, era ir conmigo al potrero donde pastaba la vaca y traerla al corral. A mí me encantaba que mi prima viniera conmigo, me llenaba de gozo, pero ahora yo estaba más interesado en castigarla por haberme delatado que en su compañía. Salía de casa a escondidas para que mi prima no me viera y me iba a buscar la vaca solo. A veces la veía en el patio mirando en todas direcciones, buscándome, pero siempre me las arreglaba para escabullirme sin que ella se diera cuenta. Cuando llegaba de regreso desde el potrero con la vaca, mi prima me esperaba en el corral y abría la tranquera para que la vaca entrara. Yo cerraba la tranquera y me dirigía a casa sin decirle ni una palabra.

Una mañana mientras desayunábamos mi prima me preguntó: "¿Puedo ir con vos a buscar la vaca esta tarde?".

"No".

"¿Algún día me vas a perdonar?"

"No".

"Lo hice para que no fumes, eso te hace mal".

"¿Y vos qué carajo sabés?"

"Mis padres y tus padres no fuman y ellos dicen que eso no es bueno".

No le contesté, seguí bebiendo mi café con leche y cuando terminé me levanté y me fui a caminar, ni siquiera invité a mi hermano.

Durante los siguientes días yo estaba impaciente porque no tenía cigarrillos y lo peor es que no los podía hurtar, mi madre puso todos los paquetes en un cajón con un candado. Mientras caminaba en la finca me puse a pensar cómo podría conseguir cigarrillos y viendo a los peones trabajando en el viñedo, se me ocurrió una idea; le podría pedir a uno de los trabajadores que me comprera un paquete, casi todos ellos fumaban, después de todo ser él hijo del dueño tiene sus ventajas. Fui hasta donde estaba uno de los peones más jóvenes y le dije que necesitaba que me comprara un paquete de cigarrillos y él simplemente me preguntó que marca me gustaba. Ahora solo necesitaba el dinero.

Todas las monedas que encontraba en la casa iban a parar a mi bolsillo y no solo monedas, si encontraba algún peso también iba a parar al bolsillo.

Finalmente tuve la cantidad de dinero necesaria y Jorge—el joven peón—me compró mis cigarrillos. En esta ocasión no los escondí en el hueco del eucalipto, sino que los puse entre dos fardos de alfalfa en él galpón; ni loco le diría a mi prima donde los tenía.

Como ya estaba más tranquilo y pensando que había ganado la batalla contra mí prima, hice las paces con ella. Nuevamente era mi mejor amiga, mi hermana y juntos jugábamos y corríamos por el campo, libres como el viento en busca de la vaca. Ella sabía que yo fumaba un cigarrillo a la siesta, pero le hice prometer que jamás diría nada o nunca más vendría conmigo a buscar la vaca.

Y ella cumplió la promesa.

Pepe

Un día cerca de la hora del almuerzo, mi madre me

preguntó dónde estaba mi hermano Pepe.

"Creí que estaba acá en casa, hace un rato me dijo que venía a tomar agua", le dije.

"Acá no está, así que andá afuera a ver si lo encuentras y lo traes porque ya vamos a almorzar".

Pepe no estaba por ningún lado. No estaba en el baño, ni en el patio, ni el corral donde solía ir a ver a los animales. Yo estaba preocupado y también temeroso de una represalia de mis padres, en gran parte Pepe era mi responsabilidad. Lo llamaba a los gritos, pero no obtenía ninguna respuesta. A cada momento yo gritaba su nombre más fuerte por lo que Miguel, el hijo del vecino, vino a ver qué pasaba. Mi padre, que estaba regresando desde el viñedo, nos dijo que buscáramos en diferentes direcciones y cada uno de nosotros empezó con la búsqueda y a cada paso gritando el nombre de mi hermano. Mi madre estaba tan desesperada que hasta se metió en el canal que proveía el agua para el riego de las fincas. El canal solo tenía agua cuatro días cada tres semanas. No traía mucha agua y la corriente era mínima, sin embargo, podía ser muy peligroso. No fue hace mucho que un niño de dos años se ahogó y fue nuestra madre quien lo encontró. Pepe y yo nos metíamos al canal a bañarnos, de manera que estábamos familiarizados con la corriente del agua, yo estaba seguro que Pepe no estaba en el canal, él nunca se metería solo.

Fui hasta calle donde Pepe y yo pasábamos algunos ratos con la honda cazando pajaritos. Los costados de la calle estaban bordeados por grandes árboles—sauces, álamos y eucaliptus—donde se guarecían gran cantidad de pájaros y este era uno de nuestros lugares preferidos. Como no vi señales de Pepe regresé a casa para informar que en ese lugar no estaba mi hermano. Mi madre lloraba sin parar y rogaba a Dios y todos los Santos que no le hubiera pasado nada malo a Pepe.

De repente vimos venir a Miguel con mi hermano tomado de la mano. Mi madre salió corriendo a su encuentro y lo abrazaba, lo besaba y también le daba unas palmadas en el trasero, mientras le hacía mil preguntas a la vez.

"Lo encontré comiendo una sandía en el potrero de los melones y las sandías", nos dijo Miguel.

Mi padre llegó y agarró a Pepe de un brazo y creo que, si mi madre no estaba ahí en ese momento, Pepe ligaba una buena paliza.

A todas las preguntas Pepe respondía que le dio ganas de comer sandía y se fue al potrero a comerse una sin pensar que hora era, así de simple.

Después del almuerzo mi padre se levantó de la mesa y fue hasta la cocina. De allí trajo una sandía, la puso sobre la mesa, tomó un cuchillo, partió la sandía en cuatro partes y las puso frente a Pepe.

"¿Querías comer sandía?, pues bueno, ahora no te levantas de la mesa hasta que no te comas toda esta sandía".

Pepe estaba un poco asustado. Pude ver lágrimas en sus ojos, pero allí sentado se comió toda la sandía. Creo que sintió que sería mejor hacer eso que enfrentar ciertas consecuencias. No importa cuánto te guste la sandía, estoy seguro que no fue fácil.

Pepe, si él quisiera, podría celebrar dos cumpleaños, uno por el día en el que nació y otro por el que figura en su certificado de nacimiento, ¿cómo sucedió esto? Esta es la historia que me contaron mis padres: Pepe, al igual que Agustín y yo, nació en casa, de manera que alguien de la familia debía ir al Registro Civil y anotar su nacimiento. Mi padre estaba muy ocupado con las tareas en el viñedo y recién pudo ir al Registro Civil después de cierto tiempo. Un empleado le preguntó cuando había nacido él bebe y de que sexo era y mi padre le dio la información requerida. El empleado consultó él almanaque y le dijo que el plazo para anotar al recién nacido en el día exacto de su nacimiento había expirado y que, si mi padre quería anotar al bebe en su fecha exacta de nacimiento, debería pagar una multa. Mi padre preguntó cuando había expirado la fecha y el empleado le respondió que la misma había expirado dos días atrás. Mi padre indignado le dijo que por dos días él no pagaría nada y entonces mi padre le dijo que el niño había nacido el 2 de julio y no el 29 de junio.

Como no había forma de probar otra cosa, así quedó registrado.

Agustin

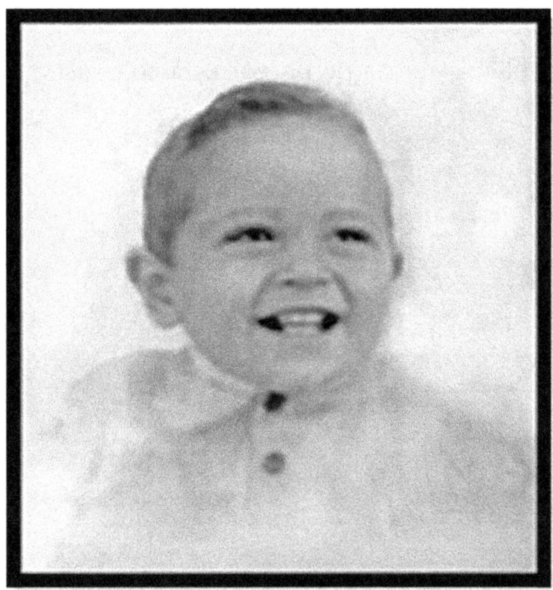

Yo tenía doce años, casi trece, cuando mi madre quedó embarazada por tercera vez. A mi hermano Pepe y a mí nos pareció muy extraño—a mí más que a mi hermano, él es casi cuatro años menor que yo.

Desde que nos enteramos de esta noticia nosotros queríamos una hermanita y hasta le habíamos puesto nombre, Susana. Siete meses después nació un nuevo varón y nuestros padres lo llamaron Agustín.

Según nuestra madre él bebe nació prematuro— algo así como veinte a veinticinco días antes de tiempo. ¿Sería por eso que lloraba tanto? Pregunté en una oportunidad y la respuesta que obtuve fue: "es solo un bebe". Si no dormía, lloraba, un real dolor en el culo. Algunas veces yo estaba muy molesto con él bebe y se le hacía saber a mi madre, creo que hasta llegué a ser un poco grosero con ella y por supuesto que mi madre rápidamente me puso en mi lugar. Mi hermano también estaba molesto, pero él no decía nada. Mi madre nos explicaba con mucha paciencia que cuando él bebe creciera un poco dejaría de llorar. Sin embargo, pasaban los días y el pequeño Agustín no paraba de llorar. Yo estaba cada vez más irritado, de manera que pasaba mucho tiempo fuera de casa. El problema más grave era durante la noche, él pequeño no dejaba dormir a nadie, en especial a nuestra madre. Muchas noches ella levantaba al bebe en brazos y salía a caminar por la galería, yo creo que algunas veces hasta llegó a caminar hasta el viñedo con el niño para que nosotros pudiéramos dormir. Mi padre no decía nada, creo que él al igual que mi hermano y yo, estaba un poco decepcionado con la llegada de un varón en lugar de una niña y encima llorón.

Después de una semana nada cambió, el niño sino dormía, lloraba. Nuestro padre ya un poco cansado un día fue al pueblo a buscar al médico para que viniera a ver al bebe. Después de revisarlo el doctor concluyó que él bebe estaba bien y que no había nada anormal. Sin embargo, nuestra madre no quedó conforme con el diagnóstico y a la mañana siguiente tomó el colectivo a la ciudad con Agustín en brazos.

La ciudad capital de la provincia estaba a unos cuarenta kilómetros de nuestra casa. Había solo dos servicios diarios de colectivo, uno en la mañana y otro en la tarde y como el colectivo pasaba frente a nuestra casa, mi padre no tuvo que llevar a nuestra madre hasta la terminal de colectivos. Mi madre pensaba regresar a casa en el colectivo de la tarde, pero la visita al médico tomó más tiempo del que ella esperaba, así que esa noche ella la pasó en casa de su hermana melliza y regresó al día siguiente.

Cuando nuestro padre le preguntó cómo le había ido con la visita al médico, mi madre le respondió que el médico de la ciudad le había dicho los mismo que el médico local, es decir, todo estaba normal con él bebe.

"¿Y qué mierda le pasa a este niño?" dije molesto hasta los huesos.

Mi padre me echó una mirada que lo decía todo, de manera que bajé la cabeza y salí de casa. Realmente estaba muy enojado, no sabía realmente como sacarme la bronca de encima, así que me puse a correr en la calle. Como un kilómetro después me detuve, estaba casi sin respiración. Después de descansar un rato regresé a casa, esta vez lo hice caminando.

Cuando llegué vi que mi padre tenía al bebe en brazos y caminaba en la galería de un lado para el otro. Me extrañó que él bebe no estuviera llorando y también llamó mi atención ver que mi padre tenía a Agustín cubierto con una frazada extra. No estaba tan fresco como para que él niño necesitara estar tan abrigado.

"Creo que he encontrado la solución al problema", nos dijo, "todo indica que él bebe tiene frío, probablemente debido a que es prematuro, no lo puedo jurar, pero creo que ese es el problema".

"No lo he abrigado tanto porque los días están bastante templados, bueno vamos a probar y ver qué pasa en un rato", le dijo mi madre.

Yo rogaba a Dios que mi padre tuviera razón y por fin este niño nos dejara vivir en paz. Esa noche no escuché llorar al bebe, no sabía si había sido porque durmió toda la noche o porque mi madre lo sacó a pasear por la galería o el viñedo. Cuando me levanté fui a ver la cuna donde mi hermanito dormía y para mi sorpresa vi que tenía los ojos abiertos y se chupaba un dedo de la mano. Agustín estaba bien envuelto en una frazada, parecía un paquete listo para ser enviado por correo como una encomienda. Lo miré a los ojos y cuando él me vio me sonrió.

"Dale las gracias al viejo pendejo de mierda, porque si no parabas de llorar creo que te podría haber regalado", le dije.

Por supuesto que no me contestó, pero mi madre que llegó en ese momento, sí.

"Dios te va a castigar, ya vas a ver que cuando él crezca te va a seguir a todos lados como un perrito".

"Ojalá que no".

"Ya lo veremos", dijo mi madre.

Yo empecé mi escuela secundaria en un internado en una provincia vecina y solamente venía a casa durante las vacaciones de invierno y luego cuando terminaban las clases, así que solo veía a mi hermano Agustín durante ese tiempo. Después de terminar mi primer año de secundaria—con éxito debo decir—regresé a casa para pasar mis vacaciones de verano. Me tomó todo un día llegar a casa, pero valió la pena.

Gracias a Dios mi hermanito ya no lloraba. La mayor parte del tiempo mi madre lo sentaba en una frazada que ponía en el suelo y también una pequeña almohada. Mi madre rodeaba la frazada con sillas tendidas en el piso para evitar que el niño se fuera gateando a otro lugar. Yo bromeaba con el niño y le decía: "Estás en cana (preso) pendejo". Cada vez que lo miraba Agustín me sonreía y mi madre me decía: "Viste, tanto que te enojabas con él y, sin embargo, cada vez que te ve te sonríe".

"¡Por favor mamá!, el niño le sonríe a todo el que pasa cerca de él".

"No creas".

Agustín era un niño muy tranquilo y pasaba la mayor parte del tiempo jugando con sus pequeños juguetes. A veces él se recostaba sobre la frazada, ponía su cabeza en la almohada y dormía. Cada vez que yo pasaba cerca y Agustín no estaba durmiendo, yo le decía *delincuente, estás preso* y lo curioso de esto es que él me miraba y sonreía.

Terminada la primera mitad del segundo año lectivo era tiempo de nuestras vacaciones de invierno. Tomé el colectivo (de hecho, tenía que tomar tres) y regresé a casa. Descendí del último de los tres colectivos que había tomado, crucé la calle y vi que madre salía de casa secándose las manos en el delantal. Mi madre vino a mi encuentro, me abrazó, me besó y luego entramos a la casa. Mi padre me vio, se levantó de su silla, vino a mi encuentro y me dio un abrazo. También estaba el pequeño Agustín—que ya había empezado a caminar—y creo que como vio que todos me abrazaban, él también vino y se abrazó a mis piernas.

"¿Qué te parece eso?" me preguntó mi madre.

"¡Mamá!, no empecemos que recién llego".

Durante mis vacaciones el pequeño Agustín—tal como lo había vaticinado mí madre—no se despegaba de mi lado, en cualquier lugar de la casa donde yo estaba, él estaba también, pegado como una estampilla.

Cuando llegué de regreso a casa después de terminar mi segundo año en la escuela, me encontré con la sorpresa de que Agustín ya hablaba un poquito. Me llamaba Calo, quizás porque le costaba decir Carlos. Si nos sentábamos a almorzar o cenar, Agustín quería sentarse a mi lado y cuando quería dormir él me pedía que durmiera con él, pero como esto no era posible, mi padre puso la cama del niño al lado de la mía.

Mi hermano Pepe y yo éramos los encargados de cuidar al pequeño cuando estábamos en casa y de esa manera nuestros padres podían dedicarse a sus tareas sin tener que preocuparse del niño.

Nuestra prima Carmen, como era tradicional, venía a pasar sus vacaciones con nosotros. Estaba muy entusiasmada con el pequeño, quería que estuviera con ella todo el tiempo, lo abrazaba, le hablaba y quería jugar con él. No obstante, Agustín se desprendía de ella, venía donde yo estaba y me tomaba de la mano.

Creo que de tanto insistir, Agustín se ganó mi amor y mi corazón. Después de todo, mi madre tenía razón.

Agustín estaba siempre pegado a mí, me seguía como mi sombra hasta que él empezó su escuela primaria. No sé si fue porque creció o porque ahora él tenía sus amigos en la escuela, pero en ese período Agustín se hizo más independiente. Por un lado, yo extrañaba su desmedido afecto y por otro me alegraba de que tuviera una fuerte personalidad, que estuviera muy seguro de sí mismo. Yo estaba orgulloso del él.

Mis hermanos y hermana (prima) tienen todo mi amor, un lugar muy especial en mi corazón, son mi sangre, mi soporte en tiempos difíciles, mis amigos del alma. Son mi familia.

MI PADRE CONDUCIENDO

Un año en el que la cosecha de uva fue abundante y el precio por kilo satisfactorio—creo que fue en 1948—mi padre decidió que ya tenía suficiente de sulky y caballo para movilizarse. Uno de nuestros vecinos, Señor Mercado, tenía un auto a la venta, así que mi padre decidió ir y hablar con él.

Cómo era sábado y yo no tenía que ir a la escuela, cuando mi padre me preguntó si quería acompañarlo, por supuesto que le dije que sí.

En el sulky—quizás por última vez—fuimos a ver al vecino que tenía el auto en venta. Mientras íbamos en camino le pregunté a mi padre si él sabía conducir—ya que nosotros nunca habíamos tenido un auto –y me dijo *un poquito,* porque él había tenido la oportunidad de practicar en el auto de su padre algunos años atrás.

El señor Rafael Mercado vivía como a un kilómetro y medio de nuestra casa. En el campo a cualquiera que vive a menos de dos kilómetros de otro, se lo considera vecino. El señor Mercado tenía a la venta un auto marca Ford, modelo A del año 1931 y le había explicado a mi padre que, por razones de índoles económicas, él no tenía otra alternativa más que vender el auto.

Cuando llegamos a la casa del señor Mercado y después de saludarlo, los tres empezamos a caminar alrededor del auto. En ese momento yo no tenía la más mínima idea de porqué estábamos haciendo eso, pero igualmente yo los seguía. El auto era de un color verde oscuro con guardabarros de color negro y tenía una capota de un material similar a la lona. Mientras caminábamos él señor Mercado le explicaba a mi padre, mientras señalaba la capota, que esta era retráctil o sea que el auto se podía convertir en convertible en cuestión de minutos y eso por supuesto era un plus. Después el señor Mercado le explicó a mi padre algunas cuestiones técnicas y de las cuales yo entendí mucho menos que del porqué caminábamos alrededor del auto. Enseguida el señor Mercado le preguntó a mi padre si quería dar una vuelta con el auto, tanto como para ir tomándole la mano a lo que mi padre le respondió, *por supuesto.*

Nos subimos al auto, mi padre como conductor, el señor Mercado en el asiento del acompañante y yo en el asiento de atrás. Mi padre prendió el motor, presionó el embrague, puso reversa y empezó a soltar el embrague. El auto empezó a moverse, lo cual era una prueba de que mi padre sabía conducir. De repente el señor Mercado le gritó a mi padre que frenara, pero fue demasiado tarde. El auto dio contra un poste del viñedo, no fue más que un pequeño toque, pero me hizo sentir muy nervioso, creo más que nada por el grito del señor Mercado, que por el toque del paragolpes del auto contra el poste. Mi padre se disculpó y trató de virar el auto nuevamente para que el mismo enfrentara la salida hacia la calle. Esta vez creo que lo hizo bastante bien y salimos a la calle.

Cuando el auto tomó un poco de velocidad, el señor Mercado le dijo a mi padre que cambiara a segunda marcha y después de que la velocidad se incrementara un poco más, el señor Mercado le indicó a mi padre que cambiara a tercera marcha. Yo me preguntaba cuantas más marchas tendría el auto, pero como no hubo ninguna otra indicación de parte del señor Mercado, supuse que el auto solo tenía tres marchas. Mi padre condujo el auto como tres kilómetros y durante esos tres kilómetros, cada tanto el señor Mercado le indicaba a mi padre que parara el auto y empezara de nuevo, de esa manera se iría familiarizando con el embrague y el cambio de marchas. Luego regresamos a la casa del señor Mercado.

Cuando mi padre entró a la casa a través del portón, escuché al señor Mercado decir **¡uy!** Quizás fue porque mi padre pasó demasiado cerca del portón. Mi padre estacionó el auto en el patio y él y él señor Mercado entraron a la casa. Yo me puse a caminar alrededor del auto y mientras lo miraba pensaba que ojalá mi padre lo comprara. Ya me imaginaba yendo con la capota baja y el aire en mi cara en algún día de verano. Toda esta expectativa me hacía cosquillas en la boca del estómago y me hacía soñar despierto.

Un rato más tarde mi padre y el señor Mercado salieron de la casa y se dieron la mano. Mi padre me hizo una seña y nos encaminamos hacia donde estaba el sulky, subimos y emprendimos el regreso a casa. En el camino no me animaba a preguntarle a mi padre si había comprado el auto o no, hasta que tomé coraje y le pregunté. Con una sonrisa me dijo que había llegado a un acuerdo con el señor Mercado y le había comprado el auto por 2.300 pesos. Casi di un brinco en el asiento del sulky, de puro contento que estaba.

Fue un lindo viaje a casa y cuando llegamos mi padre desató el caballo y lo llevó hasta el corral en compañía de mi madre. Cuando mi padre le contaba a mi madre lo del auto, vi que ella puso cara seria y le preguntó si él estaba seguro de lo que estaba haciendo y además si no tendría problemas con el dinero. Mi padre le dijo que se quedara tranquila que todo estaba bajo control, pero creo que mi madre no estaba muy convencida al respecto.

A la mañana siguiente mi padre fue a buscar el auto. Mi madre, yo y uno de los empleados de mi padre, nos dispusimos a limpiar y mover ciertas cosas en el galpón para que hubiera suficiente lugar para el auto. En el galpón se guardaban muchas cosas, alimento para los pollos y otros animales, fertilizante para el viñedo, herramientas y los barriles con vino que padre elaboraba para el consumo de todo el año.

Mi padre llegó con el auto cerca del mediodía y tocando la bocina varias veces. Mi madre y yo salimos al patio—yo prácticamente corriendo—y mi padre seguía tocando la bocina del auto. Seguramente este sería un día para recordar por mucho tiempo. Después de que mi madre inspeccionara el auto, mi padre abrió el portón del galpón, le pidió a mi madre que entrara al galpón y le hiciera señas con las manos para no tocar ninguna cosa con el auto. Una vez el auto dentro del galpón, era tiempo de almorzar. Mi padre y mi madre bebían un vaso de vino con el almuerzo y la cena, pero hoy creo que fue más de un vaso, así que la siesta se prolongó más de lo habitual. De todas maneras no importaba, era domingo.

Al día siguiente—lunes—mi padre le dijo a mi madre que tenía que ir hasta el pueblo a comprar ciertas cosas y yo inmediatamente le pregunté si podía ir con él. Lamentablemente me dijo que 'no' porque no sabía a qué hora regresaría y como yo tenía que salir de casa a las doce del mediodía para ir a la escuela, esto presentaba un problema. Yo me quedé bastante desilusionado por la negativa de mi padre, pero comprendí que él tenía razón, mi padre siempre se tomaba su tiempo para hacer sus cosas.

Entre el galpón y los carrales había un callejón que conducía hacia el viñedo. Entre el callejón y el galpón y paralelo a ambos, corría una acequia no muy profunda, por la que circulaba agua cada dos semanas por solo 24 horas para el riego del viñedo. Esta acequia presentó un problema para mí padre.

Mi padre abrió el portón del galpón al tiempo que le indicaba a mi madre que lo guiara con señas para sacar el auto. El prendió el motor y empezó a retroceder lentamente mientras mi madre le daba indicaciones con sus manos. Una vez afuera mi padre empezó a virar el auto para que quedara de frente a la salida hacia la calle. En ese momento vi que mi madre desesperadamente le hacía señas con sus manos y brazos, pero fue demasiado tarde, el auto terminó dentro de la acequia. A mí me causó gracia y me reí un poco por lo que mi madre me dio un golpecito en la espalda para que no lo hiciera. Mi padre bajo del auto maldiciendo y le dio un puntapié a uno de los neumáticos. Mi madre empezó a reír y yo también, creo que a mi padre no le hizo mucha gracia porque nos hizo una seña no muy amigable con el brazo. Después él fue hasta los corrales y trajo dos caballos y unas cadenas las cuales ató al auto y a los arneses de los animales. Como la acequia no era profunda, los caballos sacaron el auto sin dificultad. Esta fue la primera vez que mi padre y el auto terminaron en la acequia, pero no la última.

Al domingo siguiente fuimos en el auto a visitar a mis abuelos paternos, un viaje de unos treinta minutos. Como el tiempo estaba bastante fresco mi padre no reclinó la capota, pero de todas maneras el viaje estuvo hermoso. Desde mi asiento a mí me parecía que los árboles pasaban muy rápido y se lo comenté a mis padres. Mi padre no me contestó y mi madre sentada muy rígida y sin mover la cabeza ni a un lado ni a otro solo dijo: *aja.*

En casa de mis abuelos todos felicitaban a mi padre por la compra del auto, lo abrazaban y le daban palmadas en la espalda. Mi abuela lloraba y yo me preguntaba porque lo hacía si todos estaban tan contentos. A la tarde-noche regresamos a casa, pero en esta oportunidad no vi los árboles pasando rápidamente, dormí durante todo el camino.

Un par de días después mi padre sacó el auto del galpón y pese a las desesperadas señas de mi madre, otra vez terminó en la acequia. Esa fue la última vez porque después de eso mi padre construyó un montículo de tierra para que el auto se detuviera. Mi madre le preguntó qué pasaba con los frenos y mi padre le respondió que no eran muy buenos y que además el espacio entre el galpón y la acequia era muy reducido.

El auto era usado esporádicamente, solo cuando mi padre iba al pueblo o cuando íbamos a visitar a los abuelos. Para mí era una felicidad enorme visitar a los abuelos, tanto los paternos como los maternos, pero más que nada por el viaje en auto. Era una tradición visitar a los abuelos de ambas partes, así que un domingo visitábamos a los padres de mi padre y al siguiente a los padres de mi madre.

Una mañana después de regresar del viñedo, mi padre le dijo a mi madre que tenía que ir al pueblo. Mi padre sacó el auto del galpón—esta vez no cayó a la acequia—y cuando aceleró para salir a la calle, el motor se detuvo. El trató de prenderlo varias veces, pero sin éxito. Se bajó del auto, levantó el capó, miró el motor, tocó unos cables, cerró el capó, subió al auto y trató de prender el motor nuevamente, pero este no arrancó. Como la batería ya estaba casi descargada, nos dijo que había que empujar el auto. Mi madre le dijo que ni loca ella sola iba a empujar el auto, por lo que mi padre fue a buscar un par de peones. Empujaban el auto y mi padre lo ponía en una marcha, soltaba el embrague y nada. Después de varios intentos mi madre le preguntó a mi padre, *¿tiene nafta esta porquería?* Mi padre agarró una varilla, la limpió y la introdujo en el tanque de la nafta. Cuando la sacó estaba completamente seca, no nafta en el tanque. Mi madre se reía mientras se secaba el sudor de la frente con su delantal. *Yo creo que estabas mejor con el sulky y el caballo,* le dijo y seguía riendo.

Cada vez que mi padre regresaba después de algún viaje, el auto tenía algún raspón en un guardabarros o en otro. Al cabo de un tiempo el auto ya no era el mismo que cuando lo compró. A parte de los raspones en los guardabarros, también tenía algunos raspones en las puertas, uno de los faroles de la luz estaba roto y el paragolpes trasero un poco torcido. Nada serio, solo que estéticamente lucía bastante mal. Después de todo, creo que mi padre no era un buen conductor.

Al año siguiente mi padre vendió el auto porque necesitaba dinero extra para plantar unas hectáreas más de viñedo, pero mientras lo tuvimos fue realmente excitante para mí. Años más tarde mi padre compró otro auto—también este terminó con varios raspones—pero todo lo excitante, todas las expectativas y toda esa magia del primer auto se perdieron, nunca más fue lo mismo.

Mi padre jamás aprendió a conducir de buena manera. Tuvo suerte—y tuvimos suerte—de que en ese entonces el tráfico automotriz era mínimo. Hoy, con mi experiencia, si mi padre me invitara a subir a un auto conducido por él, le diría gracias viejo, pero no gracias.

Mi padre tuvo cualidades extraordinarias, era un genio, un adelantado a su tiempo, la persona más inteligente que jamás se cruzó en mi camino, pero conduciendo fue un peligro para todos.

ACERCA DEL AUTOR

Carlos Gasquez es un Enólogo profesional que trabajó en Mendoza, Argentina hasta 1982 y luego viajó a la ciudad de Nueva York. Camino a California, consiguió trabajo en la bodega *Sand Castle Winery* en el Condado de Buck, Pennsylvania y terminó en el Valle de Anderson, California, donde pasó siete gloriosos años.

Desde su regreso luego de una prolongada estadía en Argentina hace cinco años, se ha dedicado a la narración como una forma de entretenerse y capturar la imaginación de sus sobrinos, nietos y bisnietas.

Le gusta hacer pequeñas cantidades de vino Oporto para su consumo y el de sus amigos. Siempre disfruta de una buena película.

Carlos Gasquez es el autor de **Los Famosos Sifones de Soda**, un libro sobre una aventura de cuando estudiaba Enología y que le abrió los ojos a otra forma de vida.

Él vive y escribe junto a su esposa Lois Inga en San Agustín, Florida con cuatro perros y seis gatos. Por favor no exageres le dice su esposa, solamente tenemos un gato.

www.ingramcontent.com/pod-product-compliance
Lightning Source LLC
LaVergne TN
LVHW020640100826
845148LV00012B/2268